KB126108

인형의 집

인형의 집

Et Dukkehjem

헨릭 입센 지음 | 박진권 옮김

더클래식

차례

등장인물

헬메르 토르발 _변호사

노라 _헬메르의 아내

랑크 박사

린데 부인 _크리스티네와 동일인물

닐스 크로그스타 _변호사

헬메르 부부의 어린 세 자녀

안네 마리에 _헬메르 부부의 집에서 아이 보는 유모

헬메르 부부의 하녀들

짐꾼

이야기가 시작되는 장소는 헬메르 부부의 집이다.

1막

나름대로 아늑하고 멋있게 꾸몄음에도 호사스럽지 않은 방.

　배경 오른쪽에 있는 문은 현관으로 통한다. 배경 왼쪽에 위치한 두 번째 문은 헬메르의 서재로 통한다. 이 두 문 사이에는 피아노가 한 대 있다. 벽 중앙 왼쪽에는 문이 하나 있고 그 앞쪽으로는 창문이 하나 있다. 창문 가까이에 팔걸이의자와 작은 소파 하나가 딸린 둥근 테이블이 있다.

　측면의 벽 오른쪽 무대 더 뒤로 가면 문이 하나 있고, 그 벽에서 무대로 향한 앞 쪽에는 타일 난로가 있다. 그 앞에는 팔걸이의자 몇 개와 흔들의자가 하나 있다. 난로와 옆문 사이에 작은 탁자가 있다. 벽에는 동판화가 걸려 있다. 도자기와 다른 예술적인 소형 장식품들이 놓인 선반장이 있고, 화려한 양장본 책들이

꽂혀 있는 책장이 있다. 방 전체에는 양탄자가 깔려 있다. 난로에서 불이 타오르고 있는 겨울의 어느 날이다.

현관에서 초인종이 울린다. 즉시 문 열리는 소리가 들린다. 노라가 신이 난 듯 흥얼거리면서 거실로 들어온다. 그녀는 모자를 쓰고 외투를 입고 있으며 한가득 짐 꾸러미들을 들고서 오른쪽 탁자 위에 내려놓는다. 그녀가 현관으로 통하는 문을 열어두어서, 짐꾼이 크리스마스트리용 전나무와 바구니를 들고 있는 게 보인다. 짐꾼은 문을 열어준 하녀에게 이 두 가지를 건네준다.

노라   그 전나무를 잘 숨겨, 헬레네. 그 나무를 오늘 저녁에 아이들과 같이 장식하기 전까지 들키면 안되거든. (자기의 지갑을 꺼내면서 짐꾼에게) 얼마죠?

짐꾼   오십외레입니다.

노라   여기 일 크로네에요. 나머지는 그냥 가져요.

짐꾼이 감사의 말을 하고 나간다. 노라가 문을 닫는다. 그녀는 모자와 외투를 벗으면서 여전히 즐겁게 흥얼거리며 소리 없이 웃는다. 그녀는 주머니에서 마카롱이 들어있는 봉지를 꺼내어서 한두 개를 먹는다. 그러고 나서 그녀는 조용히 남편이 있는 방의 문 앞으로 가서 엿듣는다.

응, 저이가 집에 있구나. (다시 나지막하게 흥얼거리면서 오른쪽 탁자 쪽으로 간다)

헬메르 (방 안에서) 거기 밖에서 종달새가 지저귀는 거요?

노라 (몇 개의 꾸러미를 열면서) 예, 종달새가 그러는 거예요!

헬메르 거기서 다람쥐가 덜거덕거리는 거요?

노라 네!

헬메르 언제 다람쥐가 집에 왔지?

노라 지금 막 왔어요. (마카롱 봉지를 주머니에 넣고는 입을 닦는다) 토르발, 나와서 내가 사온 물건들을 한번 봐요.

헬메르 방해하지 마! (손에 펜을 들고서 문을 열고 내다본다) 장을 봐왔다고 말했어? 이렇게 많은 물건을? 방종한 작은 방울새가 다시 밖에 나가서 돈을 낭비한 거요?

노라 하지만 토르발. 그래도 올해는 조금 더 써도 돼요. 우리가 돈을 절약할 필요가 없는 성탄절 첫날이잖아요.

헬메르 들어봐, 여보. 우리가 그래도 사치해서는 안 되지.

노라 그렇지 않아요, 토르발, 우리는 이제 조금은 호사를 누려도 돼요. 안 그래요? 아주 조금 말이요. 당신은 이제 월급도 많이 받고 돈도 아주 많이 벌게 될 거잖아요.

헬메르 그래, 새해부터 그렇지. 하지만 월급이 기한이 될 때까지는 온전히 3개월이 다 지나가야 되는 걸.

노라   쳇! 그때까지 우리가 돈을 빌릴 수 있잖아요.

헬메르   노라! (그녀에게 다가가서 장난으로 귀를 잡아당긴다)
         당신 벌써 경솔해진 거요? 내가 오늘 1,000크로네를
         빌린다고 하더라도, 당신은 그 돈을 성탄절 기간 안에
         다 써버리고 말거야. 그리고 올해 마지막 날에 만약 내
         머리로 기왓장이 떨어져, 내가 저기 누워있기라도 한
         다면…….

노라   (그의 입을 막는다) 쉿, 그렇게 무서운 말은 그만 둬요!

헬메르   그래도, 그런 일이 일어난다고 가정해봐. 그러면 무슨
         일이 생기지?

노라   만약에 그런 끔찍한 일이 일어난다면, 내가 빚을 지고
         있든 아니든 간에 상황은 똑같을 거예요.

헬메르   그러면 내가 돈을 빌린 사람들은 어떻게 되겠어?

노라   그 사람들이요? 그 사람들이 무슨 상관이에요? 그들
         은 어차피 모르는 사람들인 걸요.

헬메르   노라, 노라. 당신 정말이지 딱한 여자군! 하지만 진지
         하게 생각해봐, 노라. 당신은 내가 이 점에 대해서 어
         떻게 생각하는지 알잖아. 빚을 내서는 안 돼! 절대로
         돈을 빌리면 안 된다고! 빚을 내서 살림살이를 하는
         집안은 자유롭지 못한 일이 일어나고 좋지 않은 일도

생기는 거야.

노라 (난로 쪽으로 걸어가며) 글쎄요, 당신이 원하는 대로 해요. 토르발.

헬메르 (그녀의 뒤를 따라간다) 아이고, 하지만 그렇다고 이제 작은 종달새가 날개를 축 늘어뜨려서야 안 되지. 안 그래? (지갑을 꺼낸다) 다람쥐가 서서 입을 삐죽 내밀고 있네. 노라, 내가 이 안에 뭘 가지고 있을까?

노라 (급히 몸을 돌린다) 돈이요!

헬메르 그렇다면 가져! (그녀에게 지폐 몇 장을 준다) 아이고, 맙소사, 크리스마스에는 집에서 돈이 아주 많이 드는 것을 내가 알지.

노라 (돈을 센다) 십, 이십, 삼십, 사십······. 고마워요, 토르발. 정말 고마워요. 이것으로 오랫동안 꾸려나갈게요.

헬메르 그래, 당신 정말 그래야 해!

노라 예, 그럼요. 분명 그럴게요. 하지만 이리로 와 보세요. 내가 사온 걸 모두 보여줄게요. 그리고 아주 싸게 구입한 것들이에요. 이걸 보세요, 이바르에게 줄 새 옷이에요. 그리고 또 검도용 칼도 샀어요. 여기 이것은 보브에게 줄 말과 트럼펫이에요. 그리고 저건 에미에게 줄 인형과 인형요람이에요. 이게 단순한 것이긴 하지만, 어쨌든 그 애는 모든 걸 곧 산산조각 낼 거예요. 그리고 여기 이건 하녀들에게 줄 옷감하고 손수건들이에요. 안네 마리에 유모에게는 실제로 훨씬 더 많이 주어야만 할 거 같아요!

헬메르   그런데 저 상자에는 뭐가 든 거야?

노라   (소리친다) 저리 비켜요, 토르발! 당신은 오늘 저녁에야 그것을 볼 수 있어요!

헬메르   아 그래! 하지만 작은 낭비꾼, 이제 말해봐. 도대체 당신 자신을 위해서는 무엇을 생각한 거야?

노라   아, 저리 가요. 나를 위해서요? 뭘 사야할 지 정말 모르겠더라고요.

헬메르   하지만 당신이 당연히 해야 할 게 있잖아! 당신에게 아주 특별한 기쁨을 줄만한 제대로 된 걸 내게 말해봐.

노라   난 정말 아무것도 모르겠어요. 하지만 토르발, 내 말 좀 들어봐요.

헬메르   음?

노라   (그를 바라보지 않고, 그의 단추를 만지작거린다) 당신이 나에게 선물을 할 거면, 그래요 당신은, 당신이 할 수 있는 건······.

헬메르   거 봐. 숨김없이 말해봐!

노라   (성급히) 당신은 내게 돈을 주면 돼요, 토르발. 당신에게는 필요치 않을 수도 있다고 생각하는 만큼 만이요.

	그러면 내가 나중에 그때그때 봐서 뭔가 좀 살 수 있어요.
헬메르	하지만 노라…….
노라	아, 정말이에요, 그렇게 해줘요, 사랑하는 토르발, 당신에게 정말 부탁하는 거예요. 그러면 나는 그 돈을 예쁜 금박지로 둘둘 감아서 크리스마스트리에 걸어놓을 거예요. 그게 매력적이지 않겠어요?
헬메르	모든 걸 돈으로 통용하는 새를 뭐라고들 부르지?
노라	네, 네, 방종한 방울새라고 불러요. 나도 잘 알아요. 하지만 내가 말하는 대로 우리 그렇게 하기로 해요. 토르발, 그러면 나는 가장 필요한 게 무엇인지 생각할 시간이 생긴다고요. 그게 아주 현명하지 않나요? 토르발, 그렇지요?
헬메르	(웃으면서) 그렇고말고. 이를테면 내가 당신에게 주는 돈을 당신이 정말로 꽉 쥐고서 당신 자신을 위해 뭔가를 산다면 말이지. 그렇다고 해도 살림살이와 상당히 불필요한 물건들을 사는 데 돈을 써야 하는 거야. 그럼 나는 다시 돈을 내놓지 않으면 안 되겠지.
노라	내가 잘 간직할게요, 토르발.
헬메르	반대할 수 없겠군. 내 작은 사랑스러운 노라! (팔로 그녀의 허리를 껴안는다) 내 방종한 방울새는 매혹적이

지만, 이 작은 새에게는 아주 많은 돈이 들어. 그런 새를 키우는 게 남자에게 얼마나 많은 돈이 드는지 사람들은 믿지 않을지도 모른다고.

노라　　하지만 말도 안돼요! 어떻게 그런 말을 할 수 있어요? 난 할 수 있는 한, 정말 절약을 해요.

헬메르　(웃는다) 정말이지! 당신이 할 수 있다면 그럴 수 있다는 거지. 하지만 당신은 절대로 할 수 없어.

노라　　(흥얼거리며 마음속으로 흡족해하며 미소 짓는다) 음! 우리 종달새와 다람쥐가 얼마나 많은 돈을 쓰는지 당신이 알기라도 해야 할 텐데요. 토르발.

헬메르　당신은 참 별종이야. 당신 아버지하고 똑같이 말이야. 당신은 돈을 손에 넣으려고 갖은 노력을 다해. 그런데 당신이 그 돈을 얻자마자 손가락 사이에서 그게 사라지지. 당신은 그 돈이 어디 있었는지도 전혀 몰라. 그렇지 뭐, 하지만 당신을 사랑하니 당신을 받아들일 수밖에 없지. 그래도 이건 유전이야. 맞아, 맞아. 노라, 이건 유전된 거야.

노라　　글쎄요, 내가 아빠의 특성을 많이 물려받았다면 좋겠어요.

헬메르　그런데 난 지금 모습과 다른 당신은 받아들이고 싶지 않아. 내 사랑스럽고, 귀엽고 지저귀는 종달새. 그런데 지금 무슨 생각이 갑자기 떠오르는데. 당신 오늘은 내가 뭐라고 말해야 할까? 아주 의심스러워 보이는데.

노라   내가요?

헬메르   물론이지. 내 눈을 똑바로 쳐다봐.

노라   (그를 바라본다) 그래서요?

헬메르   (손가락으로 위협한다) 우리 미식가께서는 오늘 시내에서 무엇을 드셨나?

노라   정말 아니에요. 어떻게 그런 생각을 해요?

헬메르   미식가가 제과점을 안 들렀다고?

노라   예, 토르발. 내가 분명히 장담해요.

헬메르   잼을 조금도 맛보지 않았다고?

노라   예, 결코 안 그랬어요!

헬메르   마카롱 한 두 개도 안 먹었어?

노라   안 먹었어요, 토르발. 정말로 당신에게 장담해요.

헬메르   그래, 그래, 그래. 당연히 농담으로 한 말이야.

노라   (오른쪽으로 향해 테이블로 간다) 당신이 원하는 걸 거슬러 행동하는 것은 결코 생각조차 못 할 거예요.

헬메르   그래, 나도 그걸 잘 알아. 그리고 당신이 실제로 내게 약속했어. (그녀에게 걸어간다) 오직 당신만을 위한 작은 크리스마스 깜짝 선물을 잘 간직해. 여보. 내가 확신하는데, 오늘 저녁, 이 나무에 불이 들어오면 그 선물이 공개될 거야.

노라 랑크를 초대하는 걸 당신도 잊지 않았지요?

헬메르 아니, 하지만 전혀 그럴 필요가 없어. 그 사람이 우리하고 식사하는 건 당연한 일이니까. 그렇더라도 오늘 오후에 그 사람이 오면, 그를 술자리에 초대할 거야. 좋은 와인을 벌써 주문했어. 노라, 내가 오늘 저녁을 얼마나 즐거운 마음으로 기대하고 있는지 당신은 전혀 모를 거야.

노라 나도 그래요. 그리고 아이들이 처음으로 환호하게 되는 것처럼 말이에요, 토르발!

헬메르 아, 확고하고 안정적인 직장을 갖고, 넉넉한 살림 비용을 번다는 것은 참 멋진 생각이야. 그렇지! 생각만 해도 정말 너무 기쁜 일이야!

노라 그럼요, 멋진 일이지요!

헬메르 작년 크리스마스 기억나지? 당신은 우리를 놀래주려 크리스마스트리에 달아놓을 꽃들과 다른 많은 멋진 장식들을 직접 만드느라 벌써 그 전 삼 주 내내 매일 저녁 한밤중까지 틀어박혀 있었잖아. 그거 참, 그 때는 내가 일찍이 경험했던 시간 중에 가장 막막한 시간이었어.

노라 난 그 일하는 게 전혀 지루하지 않았어요.

헬메르   (웃으면서) 하지만 결과가 정말 참 초라했잖아, 노라!

노라   그 일로 다시 나를 놀리는 거군요! 고양이가 들어와서 모든 것을 망쳐놓는데, 내가 뭘 할 수 있었겠어요.

헬메르   맞아, 내 가련한 노라, 당신이 그걸 해결하기 위해 할 수 있는 일이 하나도 없었어. 당신은 우리들 모두를 행복하게 해주기 위해서 최선의 노력을 다했지. 그게 가장 중요한 일이야. 하지만 어려운 시절이 지나가서 정말 좋아.

노라   그래요. 정말 놀라워요!

헬메르   이제 난 여기 혼자 앉아서 지루해할 필요가 없어. 그리고 당신도 사랑스런 눈과 섬세하고 어여쁜 손을 혹사시킬 필요가 없어.

노라   (손뼉을 친다) 그래요, 맞아요, 토르발. 이제 우리는 더 이상 그럴 필요가 없는 거죠? 오, 그 말을 들으니 얼마나 좋은지 몰라요. (그의 팔을 잡는다) 내 나름대로 장차 가구 배치를 어떻게 생각했는지, 내 말 들어봐요, 토르발, 크리스마스가 지나자마자 (현관에서 초인종이 울린다) 아, 초인종이 울리네요! (신속하게 거실을 조금 정리한다) 분명 누가 온 거예요. 성가시네!

헬메르   손님이 오면 난 집에 없다고 하는 거야, 그거 잊지 말라고.

하녀	(현관문에서) 마님. 낯선 부인께서 오셨습니다.
노라	들어오시라고 해.
하녀	(헬메르에게) 그 박사님도 오셨습니다.
헬메르	그분이 방금 내 방으로 들어가셨지?
하녀	예, 그렇습니다.

헬메르는 자기 방으로 들어간다. 하녀는 여행복을 입은 린데 부인을 거실로 안내하고 문을 닫는다.

린데 부인	(수줍어서 약간 주저하면서) 안녕, 노라.
노라	(불확실하게) 안녕하세요.
린데 부인	설마 나를 모르는 거야?
노라	아니오, 모르겠어요. 그래, 맞아. 내 생각엔 (환호성을 지르면서) 크리스티네구나! 정말 너 맞아?
린데 부인	그래, 나야.
노라	크리스티네! 내가 너를 못 알아봤어! 하지만 어째서 내가 알아볼 수 없었던 걸까, (좀 더 낮은 목소리로) 네가 이렇게 변했으니, 크리스티네!
린데 부인	물론이지. 구 년, 십 년이란 긴 세월 동안에 많이 변했지.
노라	우리가 그렇게 오랫동안 못 만난거야? 아마도, 그럴

거야! 아, 지난 팔 년은 행복한 시간이었어. 너도 그건 믿을 수 있을 거야. 이제 넌 도시로 온 거야? 한 겨울에 긴 여행했지? 정말 용감했어.

린데 부인   증기선을 타고 오늘 아침에 도착했어.

노라   물론 크리스마스를 즐기기 위해서 온 거겠지. 얼마나 좋아! 우리 정말로 재미있게 지내보자. 네 가방을 내려놔. 춥지 않아? (그녀를 도와준다) 자, 이제 우리 맘 편하게 난로 앞에 앉자. 아니야, 넌 저기 팔걸이의자에 앉아! 난 흔들의자에 앉을게. (그녀의 두 손을 잡는다) 그래, 이게 옛날 잘 아는 얼굴이야. 아까 처음 봤을 때만 몰라봤어. 너 확실히 더 핼쑥해졌어, 크리스티네. 그리고 좀 더 야윈 것도 같아.

린데 부인   그리고 훨씬 더 늙었지, 노라.

노라   글쎄, 어쩌면 조금 늙은 거 같아. 하지만 아주, 아주 조금, 굳이 말할 것이 못돼. (갑자기 말을 중단했다가 진지하게) 이런, 내가 경솔한 사람이었어! 이렇게 앉아서 지껄이기나 하다니! 둘도 없이 가장 사랑하는 크리스티네, 나를 용서해줄 수 있니?

린데 부인   무슨 말이야, 노라?

노라   (조용히) 불쌍한 크리스티네. 이제 네가 과부가 되었잖아.

린데 부인 그래, 벌써 삼 년 전에 그렇게 됐지.

노라 그런데, 난 정말 그 사실을 알고 있었어. 내가 신문에서 그 기사를 읽었어. 아, 크리스티네, 내 말을 믿을 수 있을 거야. 그 당시에는 너한테 늘 편지를 쓰려고 했지만, 매번 다시 그걸 미뤘고, 항상 그 사이에 무슨 일이 일어났어.

린데 부인 친절한 노라, 난 잘 이해하고 있어.

노라 아니야, 크리스티네. 내가 무례했어! 아, 가여운 크리스티네. 네가 온갖 고난을 다 겪었잖아! 그런데 남편은 너한테 아무 것도 남기지 않았니?

린데 부인 아무것도 안 남겼어!

노라 그리고 자식들도 없어?

린데 부인 아니!

노라 그러니까 전혀 아무것도 안 남긴 거야?

린데 부인 걱정거리도 없고, 곱씹을 만한 슬픔도 안 남겼어.

노라 (그녀를 믿기지 않는다는 듯이 바라본다) 하지만 크리스티네, 어떻게 그런 일이 가능하지?

린데 부인 (우울하게 미소 지으면서 노라의 머리카락을 어루만진다) 아, 살다보면 이따금 그런 일이 일어나, 노라.

노라 완전히 혼자서! 그게 너에게 무섭고 힘들었을 게 틀림없어. 내게는 예쁜 아이들이 셋 있어. 지금 당장은 그 애들을 너한테 소개할 수가 없어. 애들은 유모하고 나갔거든. 하지만 이제 넌 나한테 모두 다 이야기해줘야만 해.

린데 부인 아, 아니야! 차라리 네가 먼저 이야기해 줘!

노라 아니야, 네가 먼저 시작해야만 해. 난 오늘 사심을 부리고 싶지 않아. 오늘 난 네 문제들만 생각할 거야. 그 전에 너한테 꼭 말할 게 한 가지 있어. 요즈음 우리에게 아주 큰 행운이 터졌다는 소식은 벌써 들었지?

린데 부인 아니, 뭔데?

노라 있잖아, 우리 남편이 주식합자은행의 은행장이 됐어.

린데 부인 네 남편이? 아, 행운을 얻었구나!

노라 그래, 아주 큰 행운이야. 변호사라는 직업은 벌이가 아주 불안정해. 특히 변호사가 고상하고 점잖은 업무만 취급하려고 하면 안정이 더 안 돼. 물론 토르발은 항상 그런 일을 맡으려고 했지만 말이야. 그리고 그 일에 있어서 나도 전적으로 그의 의견에 동의해. 우리가 정말 기쁘다는 걸 믿어줘! 남편은 새해 초부터 은행에 출근해. 그리고 나면 그는 많은 월급도 받고 많은 배당도 받게 될 거야. 이제부터 우리는 지금까지와는 아주 다르게 살 수 있을 거야. 우리가 원하는 대로 살 수 있을 거라고. 아, 크리스티네, 내 기분이 얼마나 홀가분하고 행복한지! 그래, 충분히 많은 돈을 벌고 아무런 걱정을 하지 않는 건 정말 너무 좋은 일이야. 그렇지 않니?

린데 부인   필요한 것을 모두 다 가진다는 건 어쨌거나 좋은 일임에 틀림없어.

노라   아니야, 필요한 것만이 아니라 충분하게, 그리고 돈도 아주 많이 생긴다는 거야.

린데 부인   (웃는다) 노라, 노라! 넌 여전히 철이 덜 들었니? 학교에 다닐 때 너는 돈 낭비가 심한 애였어.

노라   (조용히 웃는다) 그래, 토르발도 요즈음 그런 말을 해. (손가락으로 위협하면서) 하지만 나는 너희들이 생각하는 것처럼 어리석지는 않아. 그리고 내가 낭비를 할 수 있을 정도로 우리 형편이 진전되지는 않았거든. 우리 두 사람은 일을 해야만 했어.

린데 부인   너도?

노라   그래, 허드렛일들, 자수, 뜨개질, 바느질 그리고 뭐 그와 같은 일들이었지. (경솔한 말투로) 그리고 또 다른 것들도 해야만 했어. 우리가 결혼했을 때 토르발이 공직을 그만둔 사실을 너도 알고 있지? 그이가 담당했던 부서에서는 승진할 가망이 전혀 없었거든. 그렇지만 그이는 그 전보다 훨씬 더 많은 돈을 벌어야만 했어. 결혼 첫해에 그이는 너무나 가혹하게 과로했어. 네가 생각할 수 있는 것처럼 그이는 온갖 부수입을 올리는 데 의존했고 이른 아침부터 저녁까지 일을 해야만 했어. 그 일을 그이는 견딜 수가 없었던 거야. 그래서 그는 중병에 들게 되었어. 의사들은 토르발에게 남쪽으로 가야 할 필요가 있다고 설명해줬어.

린데 부인 아, 그래. 너희 부부가 일 년 내내 이탈리아에 가 있었잖아.

노라 그래, 분명 그랬어. 정말이라니까, 떠나는 건 쉽지 않았어. 마침 그 무렵 이바르가 태어났지만 어쨌든 우리는 떠나야만 했어. 아, 정말 멋진 여행이었단다. 그리고 그 여행은 토르발의 생명을 구해주었어. 하지만 크리스티네, 그 여행을 하는데 아주 엄청난 돈이 들었어.

린데 부인 분명 그랬을 거라고 생각해.

노라 여행하는데 만 이천 탈러의 비용이 들었어. 거의 사천 팔백 크로네야. 그거 정말 큰돈이거든.

린데 부인 하지만 그런 상황에서 어쨌든 돈을 가지고 있다는 게 정말 다행이지.

노라 너한테 말하는 건데, 우리는 그 돈을 아빠에게 받았어.

린데 부인 아 그랬구나. 바로 그 무렵에 네 아버지께서 아마 돌아가셨던 거 같아.

노라 맞아, 크리스티네, 바로 그 당시였어. 그리고 생각해봐, 나는 아버지를 돌봐드릴 수가 없었어. 난 정말이지 날마다 내 어린 이바르를 출산하는 것을 기다리고 있었으니까. 그리고 나서도 난 지독한 병에 걸린 불쌍한 토르발을 보살펴야만 했어. 다정하고, 착하신 아빠! 난 더 이상 아버지를 못 봤어, 크리스티네. 아! 그건 내가 결혼하고 나서 겪었던 것 중에 가장 힘든 일이었어.

린데 부인 네가 아버지를 몹시 좋아한 걸 난 알아. 그리고 난 다음에 너희들은 그러니까 이탈리아로 돌아간 거니?

노라 그래. 그때는 우리에게 돈이 있었어, 그리고 의사들이 돌아가라고 강요했어. 한 달 후에 우리는 떠났지.

린데 부인 그러면 네 남편은 완전히 다 나아서 돌아왔니?

노라 물 만난 물고기처럼 원기 왕성했지.

린데 부인 하지만 그 의사는?

노라 무슨 말이야?

린데 부인 하녀는 나하고 함께 들어온 그 신사가 의사라고 알고 있던 것 같은데.

노라 그분은 랑크 박사야. 그분은 의사로써 우리에게 온 게 아니야. 그분은 우리의 가장 친한 친구이고 여기 우리 집에 매일 적어도 한번은 들러. 아니, 토르발은 한 순간도 다시는 아파본 적이 없어. 그리고 아이들도 쾌활하고 건강해. 나도 그렇고. (갑자기 뛰어올라 손뼉을 친

다) 어머, 정말, 크리스티네, 산다는 건 그리고 행복하다는 건 정말 멋진 일이야! 아, 내가 너무 수치스럽다. 내 자신의 일들만 이야기하고 있어. (린데 부인의 옆에 바싹 몸을 밀착하면서 등받이 없는 의자에 앉아 그녀의 무릎에 손을 놓는다) 아, 나한테 화내서는 안 돼! 말 좀 해봐, 네 남편을 사랑하지 않은 거니? 그런데 왜 그 남자와 결혼한 거니?

린데 부인   어머니가 아직 병환으로 누워계셨거든. 그리고 재산이 전혀 없었어. 나는 두 남동생들도 돌봐주어야만 했었고. 그의 청혼을 거절하는 게 내겐 무책임한 것 같았어.

노라   그럼, 그건 아주 적절한 태도였어. 그러니까 그 사람은 당시에 부자였지?

린데 부인   아주 부유했던 거 같아. 하지만 그 사람이 하는 사업은 불안정했어, 노라. 남편이 죽자 곧 파산했고, 결국 아무 것도 남지 않았어.

노라   그랬어?

린데 부인   그래서 나는 소규모 잡화점도 해보고 작은 학원도 운영하면서 가능한 모든 수단을 다 동원해서 생계를 꾸려나가야만 했어. 지난 삼 년은 나에게 더할 나위 없이 길었고, 쉬는 날도 없이 계속 일하는 날이었어. 이제는 그 일도 끝났어, 노라. 불쌍한 어머니는 더 이상 나를 필요로 하지 않아. 어머니는 돌아가셨어. 그리고 동생들도 나를 필요로 하지 않아. 그 애들은 이제 일자리가 있고 자기들 생활을 해나갈 수 있어.

노라 그럼 이제 안심하겠구나.

린데 부인 그렇지 않아, 말할 수 없을 정도로 허전해. 내가 위험을 무릅쓰고 같이 살 수 있는 사람이 더 이상 없어. (안절부절 못하면서 일어난다) 그렇기 때문에 외딴 집에서 생활하는 걸 더 이상 견딜 수가 없었어. 그렇지만 여기서는 뭔가를 필요로 하고 생각에 몰두할만한 것을 틀림없이 더 쉽게 찾을 수 있을 거야. 만약에 내가 안정된 일자리를 찾는데 성공하기만 한다면 좋은 텐데, 약간의 사무실 일 같은 거 말이야.

노라 하지만 크리스티네, 그것은 정말이지 엄청 힘든 일이고 너는 어쨌든 아주 쇠약해 보여. 온천 여행을 갈 수 있다면, 그게 너에게 훨씬 더 좋을 것 같은데!

린데 부인 (창가로 간다) 내게는 여비를 줄 수 있는 아버지가 안 계시거든, 노라.

노라 (일어선다) 아, 나한테 화내지 마!

린데 부인 (노라에게 다가간다) 사랑스러운 노라, 나한테 화내지 마. 나 같은 처지에 놓인 사람에게 가장 나쁜 것은 상황이 기분을 씁쓸하게 하는 거야. 누군가를 위해서 일할 필요가 없어. 그런데도 끊임없이 활동을 해야만 해. 왜냐하면 그래도 살아야 하기 때문이지, 그래서 사람들은 이기주의자가 돼. 네가 나한테 너희들 생활이 행복하게 변한 것에 대해 이야기했을 때, 난 너 때문에 기뻐한 게 아니라 나 때문에 기뻐했어. 넌 내 말을 믿을 거야.

노라   그게 무슨 말이야? 아, 네 말을 알겠어. 네 말은 토르발이 너를 위해 뭔가 할 수도 있을지도 모른다는 거지.

린데 부인 그래, 난 그렇게 생각했어.

노라   내 남편도 마땅히 그래야지, 크리스티네. 그 문제를 내게 그냥 맡겨봐. 내가 그 문제를 아주 정교하게 만들어볼게. 아주 정교하게. 남편에게 효과가 있는 진짜 아주 좋아할 만한 것을 좀 꾸며볼 게. 아, 난 너를 정말 도와주고 싶어.

린데 부인 노라, 네가 내 일을 알선해주다니 참 좋다. 생활의 부담과 고생이라고는 전혀 모르는 네가 도와주다니 더더욱 기분이 좋아.

노라   내가? 내가 모른다고?

린데 부인 (웃으면서) 아이고, 약간의 수공예하고 뭐 그 정도의 일이겠지. 너는 아직 어린애야, 노라.

노라	(머리를 뒤로 젖히고서 거실을 걸어 다닌다) 그렇게 우월감에 차서 그런 말을 하면 안 돼.
린데 부인	그래?
노라	너도 다른 사람들하고 마찬가지야. 너희들 모두는 내가 정말로 진지한 일에 적합하지 않다고 생각하지.
린데 부인	저, 그건…….
노라	내가 이 힘든 생활 속에서 아무 것도 해낸 게 없다고들 말이야.
린데 부인	사랑스러운 노라, 나한테 방금 네가 고생한 일을 이야기했어.
노라	아, 무슨 소리. 하찮은 일인걸! (작은 목소리로.) 큰일을, 난 그걸 아직 너한테 이야기하지 않았어.
린데 부인	큰일이라고? 그게 무슨 뜻이야?
노라	너는 나를 철저하게 얕잡아봤어, 크리스티네. 하지만 그러면 안 돼. 네가 어머니를 위해서 아주 힘들게 일했다고 자랑스러워하지.
린데 부인	나는 분명 아무도 얕잡아보지 않아. 하지만 한 가지는 사실이야. 어머니의 생애 마지막을 어느 정도 근심 없이 만들어드릴 수 있었다는 생각에 나는 자랑스럽고 기뻐.
노라	그리고 네가 동생들을 위해서 한 일도 자랑스럽게 생

각하지.

린데 부인　나는 그렇게 할 권리가 있다고 생각해.

노라　나도 그렇게 생각해. 하지만 이제 내 말 좀 잘 들어봐야 해, 크리스티네. 나한테도 나를 자랑스럽게 하고 기쁘게 해주는 게 있어.

린데 부인　난 그것을 의심하지 않아. 하지만 그 말이 무슨 뜻이야?

노라　목소리 낮춰서 말해. 토르발이 듣는다고 생각해봐! 어떤 일이 있더라도 그이가 들으면 안 돼. 아무도 그걸 알아서는 안 돼. 크리스티네, 너 이외에 아무도 알면 안 돼.

린데 부인　대체 그게 뭔데?

노라　이리 와봐. (그녀를 자기 옆 소파로 끌어당긴다) 그래, 너 있잖아, 나한테도 나를 자랑스럽고 행복하게 해주는 게 있어. 내가 토르발의 생명을 구해주었어.

린데 부인　구해줬다고? 어떻게 구했다는 거야?

노라　내가 너한테 이탈리아 여행에 대해서 이야기했잖아. 토르발이 그곳으로 가지 않았더라면, 그이는 죽었을 거야.

린데 부인　글쎄. 네 아버지가 너희들한테 필요한 돈을 주셨잖아.

노라　(웃는다) 그래, 토르발은 그렇게 믿고 있고, 다른 모든 사람들도 그렇게 믿고 있지. 하지만······.

린데 부인   하지만?

노라   아빠는 우리한테 한 푼도 주시지 않았어. 내가 그 돈을 마련했어.

린데 부인   네가? 그렇게 큰 금액을?

노라   일만 이천 탈러. 사천팔백 크로네였어. 어때?

린데 부인   그래, 하지만, 노라, 어떻게 그게 가능했어? 복권에라도 당첨된 거야?

노라   (깔보듯이) 복권이라고? (경멸적으로) 그게 무슨 대단한 술책이라고?

린데 부인   그럼 어디서 그 돈을 얻은 거니?

노라   (흥얼거리며 은밀하게 웃는다) 음, 트랄랄라라!

린데 부인   네가 그 돈을 빌릴 수 없었을 텐데?

노라   그래? 왜 그럴 수 없다는 거야?

린데 부인   아니, 여자는 자기 남편의 승낙 없이 대부금을 받을 수 없으니까.

노라   (머리를 뒤로 젖힌다) 그래? 약간의 사업수완이 있는 여자라면, 영리하게 행동할 줄 아는 여자라면, 그러면······.

린데 부인   하지만, 노라, 무슨 말인지 전혀 모르겠어.

노라   알 필요도 전혀 없어. 내가 돈을 빌렸다고 결코 말한

게 아니거든. 어쨌든 난 다른 방법으로 돈을 조달할 수 있었어. (소파에 몸을 다시 기댄다) 내가 뭐 그 어떤 애인한테 그 돈을 받았을 수도 있잖아. 나처럼 제법 예쁘게 생기면 말이야.

린데 부인 너 참 바보구나.

노라 이제 분명히 알고 싶어졌겠네, 크리스티네.

린데 부인 내 말 좀 들어봐, 노라, 경솔한 짓이라도 시작한 건 아니지?

노라 (다시 바로 몸을 일으킨다) 남편의 생명을 구해주는 게 경솔한 짓이야?

린데 부인 네가 남편 모르게 행동한 건 경솔한 짓이라고 생각해.

노라 하지만 그이가 아무 것도 알면 안 돼! 맙소사, 너 그걸 알 수 없니? 자신의 상황이 얼마나 심각한지 그이는 알아서는 안 되었어. 의사들이 나에게 와서 그의 생명에 위험하니 남쪽에서 머물러 있어야만 그이를 살릴 수 있을 거라고 말했어. 내가 처음에 곤경에서 벗어나려고 다른 방법을 시도해보지 않았을 거라고 생각하는 거니? 나는 다른 젊은 여자들처럼 외국 여행을 할 수 있다는 걸 얼마나 기분 좋게 생각하게 될지에 대해서 그이하고 이야기했어. 나는 울기도 했고 애원도 했어. 내가 어떤 상황에 처해 있는지를 생각해보라고, 나

에게 제발 친절하고 내 의견에 순응하라고 그이에게
말했어. 그러고 나서 그에게 대출받을 수도 있지 않겠
냐고 넌지시 귀띔했어. 하지만 그때 그이는 화를 내려
고 했어, 크리스티네. 그이는 내가 경박하다고 말하는
거야, 내 변덕과 들뜬 기분에 그이가 그렇게 언급했던
거 같아. 굴복하지 않는 게 남편으로서의 의무라고 말
하더라고. '그래 좋아요. 당신 목숨을 구해야만 해요'
라고 생각했지. 그래서 이런 방책을 구상했어.

린데 부인 하지만 네 남편은 그 돈이 장인한테서 나온 게 아니라
는 사실을 네 아버지한테 듣지 않았니?

노라 아니, 결코 듣지 못했어. 아버지는 그 무렵 돌아가셨
어. 난 아버지에게 사실을 털어놓고 토르발에게는 아
무 것도 발설하지 말라고 당부할 계획이었어. 하지만
아버지가 병환으로 누워 계셨기 때문에 더 이상 그럴
필요가 없어졌어.

린데 부인 그리고 넌 그 후로 네 남편한테 한 번도 속마음을 털어
놓지 않았어?

노라 응, 그러지 않았어. 이런, 어떻게 감히 그런 소리를 하
니? 이런 일에 대해서 그이가 얼마나 엄격한데! 게다
가 남자로서 자존심이 강한 토르발이 나한테 조금이
라도 신세를 졌다는 사실을 깨닫게 되면, 그이가 얼마

나 괴롭고 굴욕스러워 했겠니? 그렇다면 우리 서로의 관계가 완전히 혼란스러워질지도 몰라. 우리의 아름답고 행복한 가정은 더 이상 지금의 모습 같지 않았을 거야.

린데 부인 남편한테는 이후라도 그것을 말하지 않을 거야?

노라 (생각에 잠겨 불확실하게 웃으면서) 웬걸. 나중에 한번은 말해야지. 여러 해가 지난 다음에, 내가 더 이상 지금만큼 예쁘지 않을 때가 되면 말할 거야, 비웃지마. 내 말은 토르발이 더 이상 지금만큼 많이 아껴주지 않을 때에만 그럴 생각이야. 내가 그이에게 어떤 춤을 춰 보이고 변장을 하고 시를 낭송하는 게 더 이상 기쁨을 드러내지 못할 때가 되면 말할 생각이야. 그럴 때를 위해 뭔가 비축해놓고 있는 게 좋은 거야. (말을 중단하면서) 아, 허튼소리, 허튼소리, 말도 안 되는 생각이지! 그런 때는 절대 오지 않을 거야. 그러면 크리스티네, 넌 내 엄청난 비밀에 대해 어떻게 생각하니? 내가 아무데도 쓸모가 없니? 더욱이 넌 그 일이 나에게 많은 슬픔을 주었다는 게 진실이라고 믿어도 괜찮아. 늘 제때에 채무를 갚아야 한다는 게 나에겐 참으로 쉽지 않았어. 다시 말해서 처리해야 할 업무 중에 분기별 이자, 그리고 할부라고도 일컫는 게 있는데, 돈을 조달하는 건 매번 엄청 힘들다는 것을 네가 알아야만 해. 그래서 나는 할 수 있을 때만이라도 여기저기서 돈을 절약해야만 했어. 알겠지. 하지만 가계비에서는 거의 아무 것도 아낄 수가 없었어. 왜냐하면 토르발은 정말 마음껏 살아야 했기 때문이야. 나는 아이들도 허름한 옷을 입혀서 돌아다니게 할 수 없었어. 내가 그 애들을 위해서 받은 돈은 아이들을 위해서 써야만 한다고 생각했어. 귀엽고, 사랑스러운 내 아이들!

린데 부인   불쌍한 노라, 그러면 네 자신한테 쓸 돈에서 이자를 지불해야만 했겠네?

노라   그럼, 당연하지. 나라도 그 일에 가장 가까웠던 사람이었잖아. 토르발이 나한테 새 옷을 살 돈이나 새 옷 같은 것을 살 돈을 줄 때마다, 나는 한 번도 그 돈을 절반 이상 써본 적이 없었어. 난 항상 가장 싸고 단순한 것을 샀어. 나에겐 모든 게 아주 잘 어울린다는 게 정말 다행이었어, 그런데 토르발은 아무 것도 눈치 채지 못했어. 하지만 가끔 그게 나한테는 정말 힘들었어, 크리스티네, 예쁘게 옷을 차려 입고 돌아다니는 건 유쾌한 일이니까. 안 그래?

린데 부인   그럼, 물론이지.

노라   그래서 나는 또 다른 수입원을 얻었어. 작년 겨울에는 아주 많은 서류업무를 받아내는 행운을 얻었어. 그래서 방에 틀어박혀서 매일 밤늦게까지 쓰는 일을 했어. 아, 때때로 난 아주 피곤했어, 정말 피곤했다고. 하지만 그렇더라도 그렇게 일을 하고 돈을 버는 건 굉장히 재미있었어. 나는 거의 남자처럼 보였다니까.

린데 부인   그러면 이런 방법으로 얼마나 갚을 수 있었니?

노라   응, 아주 정확하게 말할 수는 없어. 너도 알다시피 돈과 관련한 그런 일에 익숙해지는 건 아주 어려워. 긁어모을 수 있는 돈을 내가 다 지불했다는 사실만 알아. 심지어 어찌해야 할지 모른 때도 여러 번 있었어. (웃는다) 그러면 난 여기 앉아서 돈 많은 늙은 신사가 내게 반한다면 어떨까 하고 상상을 했어.

린데 부인   뭐라고? 어떤 신사?

노라   아, 헛소리야! 그리고 그 신사가 죽는데, 그의 유언장을 펼쳐보자 큰 글씨로 이렇게 씌어있는 거야. '내 모든 돈을 사랑스러운 노라 헬메르 부인에게 즉시 현금으로 지불한다'라는 걸 상상했어.

린데 부인   하지만 노라, 그 사람이 어떤 신사였니?

노라   오, 제발, 무슨 말인지 모르겠어? 그런 노신사는 전혀 존재하지 않았어. 내가 돈을 구하기 위해 어찌할 바를 모를 때면, 몇 번이고 되풀이해서 정말 그런 상상을 했을 뿐이야. 하지만 그 늙고 따분한 남자가 나를 위해 존재하든, 어디에 있든 이제 내 알 바 아니야. 난 그 노신사도 그의 유언장도 대수롭게 여기지 않아. 난 이제 근심이 없으니까. (벌떡 일어난다) 맙소사, 오, 맙소사, 크리스티네, 이건 유쾌한 상상이야! 근심이 없어! 걱정 따위 없는 거라고! 완전히 근심이 없다니까. 아이들하고 놀 수 있고 이리저리 돌아다닐 수 있고, 집을 예쁘고 산뜻하게 꾸밀 수도 있어. 전적으로 토르발이 좋아하는 모습대로 말이야! 그리고 생각해봐, 이제 곧 드넓은 푸른 하늘을 드러내는 봄이 올 거야! 그러면 우리는 어쩌면 가까운 데로 여행을 갈 수 있을 거라고. 그러면 난 바다를 다시 볼 수 있을지도 몰라! 아, 그래, 그럼! 살아 있고 행복하다는 건 정말 멋진 일이야! (현관에서 초인종 소리가 들린다)

린데 부인 (일어선다) 초인종 소리가 들리네. 이제 그만 가는 게 좋겠어.

노라 아니야, 그냥 머물러 있어. 나에게 올 손님은 분명 없거든. 아마 토르발에게 온 사람일거야.

하녀 (현관문에서) 실례합니다, 마님. 어떤 신사분이 여기 오셨는데요, 변호사님과 말씀을 나누고 싶어 하십니다.

노라 은행장님을 말하는 거지?

하녀   예, 은행장님이요. 하지만 박사님께서 안에 계셔서 어
         찌해야 할지 모르겠습니다.

노라   누구신데?

크로그스타 (현관문에서) 접니다. 부인! (린데 부인이 멈칫거리더니
         기겁하며 몸을 창문 쪽으로 향한다)

노라   (그에게 한 걸음 다가서서, 낮은 목소리로 긴장한 채) 무
         엇을 도와드릴까요? 어떤 일이죠? 제 남편과 무슨 말
         씀을 하시려는 것인지요?

크로그스타 은행 업무에 관한 겁니다. 이를 테면요. 저는 은행에서
         낮은 직위를 맡고 있습니다. 그런데 들은 바로는 남편
         께서 이제 우리의 은행장님이 되신다더군요.

노라   용건이란 게 그럼……

크로그스타 단조로운 업무들에 관한 것일 뿐입니다, 부인. 절대로
         별일 아닙니다.

노라   그래요, 그럼 서재로 들어가 보세요. (냉정하게 인사하
         면서 현관으로 통하는 문을 닫는다. 그런 다음 난롯가로
         돌아와서 불을 살핀다)

린데 부인 노라, 저 남자 누구야?

노라   크로그스타라는 사람이야.

린데 부인 그러면 정말 그 사람이었구나.

노라   저 남자를 알아?

린데 부인 내가 알던 사람이야. 아주 오래 전 일이야. 그 사람은 한동안 우리 지역에 있는 변호사의 대리인이었어.

노라 그래, 맞아.

린데 부인 참 많이도 변했구나.

노라 결혼생활이 아주 불행했었나 봐.

린데 부인 저 사람 지금 홀아비야.

노라 자식이 여럿 있는 홀아비. 자, 이제 불이 잘 붙네. (그녀는 난로 문을 닫고 흔들의자를 조금 옆으로 민다)

린데 부인 소문으로는 저 사람이 여러 가지 종류의 사업을 한다던데?

노라 그래? 분명 그럴 수 있지! 난 그것을 정말 몰라. 하지만 사업 생각은 하지 말자. 그런 이야기는 아주 지루해.

랑크 박사가 헬메르의 방에서 나온다.

랑크 (아직 문가에 서서) 아냐, 아냐, 친구, 방해하고 싶지 않아. 차라리 자네 부인에게 가려고 해. (서재 문을 닫고는 린데 부인이 있는 것을 깨닫는다) 오, 실례합니다. 제가 여기서도 결국 방해가 됩니까?

노라 전혀 그렇지 않습니다. (소개한다) 랑크 박사님, 여기는 린데 부인입니다.

랑크	아! 여기 이 집에서 종종 듣는 이름입니다. 제가 계단을 올라오면서 부인 앞을 지나친 것 같습니다.
린데 부인	예, 제가 계단을 아주 천천히 계단을 올라옵니다. 저는 계단 오르는 것을 잘 할 수가 없어요.
랑크	아! 속이 좀 안 좋으신가요?
린데 부인	사실은 오히려 과로 때문입니다.
랑크	그것뿐인가요? 그러면 여러 파티에 다니면서 좀 쉬려고 이 도시에 오셨군요?
린데 부인	저는 일을 구하러 왔습니다.
랑크	일이 과로에 특효약입니까?
린데 부인	살아야만 하니까요, 박사님.
랑크	예, 그게 불가피한 일일 거라는 게 널리 퍼진 견해입니다.
노라	설마요, 박사님. 박사님도 살고 싶어 하시잖아요.
랑크	물론 저도 그러고 싶습니다. 삶이 아무리 곤궁하더라도, 저는 그 고통이 될 수 있는 한 오래 지속되기를 바랍니다. 제 환자들 모두에게도 마찬가지입니다. 그리고 그건 도덕적으로 결함이 있는 사람들에게도 다르지 않습니다. 지금 이 순간 저 안에 있는 헬메르 씨 곁에 도덕적으로 병에 걸린 나사로가 있습니다.
린데 부인	(나직한 목소리로) 아!

노라 누구를 말씀하시는 것이에요?

랑크 아, 바로 크로그스타라는 변호사입니다. 저런 유의 인간을 잘 모르실 겁니다. 그는 뿌리까지 성품이 썩은 사람이에요, 존경하는 부인. 하지만 저런 사람마저 마치 고귀한 가치라도 있는 양 자기가 살아야만 한다고 지껄이기 시작했습니다.

노라 그래요? 그 사람이 토르발하고 할 말이 무엇이었나요?

랑크 저는 정말로 모릅니다. 은행과 관련된 일이라고 들었을 뿐입니다.

노라 크로그……, 이 크로그스타라는 신사가 은행과 관계가 있다는 것을 저는 몰랐어요.

랑크 오, 물론 관계가 있습니다. 그 자는 은행에 일종의 자리를 하나 차지하고 있습니다. (린데 부인에게) 부인이 살던 곳에도 도덕적인 부패를 찾아내고 그런 부패 당사자들에게 자기에게 유리한 그 어떤 지위를 달라고 제안하기 위해서 여기저기 숨가쁘게 뛰어다니는 저런 사람들이 있었는지 모르겠습니다. 그러므로 건전한 사람들은 그것을 확인해 보는 일을 기꺼이 감수하지 않으면 안 됩니다.

린데 부인 하여간 그렇더라도 실제로는 그런 병자들도 안전을 보장받을 자격을 가지고 있어요.

랑크   (어깨를 으쓱한다) 자, 문제는 바로 그겁니다. 바로 그런 견해가 인간 사회를 병원으로 만드는 겁니다.

생각에 빠져 있던 노라가 갑자기 낮은 목소리로 웃음을 터뜨리며 손뼉을 친다.

랑크   무엇 때문에 그 말에 웃으십니까? 사회가 무엇인지 알기나 하십니까?

노라   이 마비된 사회가 나와 무슨 상관이에요? 나는 완전히 다른 것, 그러니까 엄청나게 우스꽝스러운 것에 대해 웃고 있는 거예요. 박사님, 말씀 좀 해보세요. 주식은행에 채용된 모든 사람들이 이제 토르발에게 의존하게 되는 건가요?

랑크   그게 그렇게 엄청나게 우스꽝스럽다고 생각하십니까?

노라   (웃으며 흥얼거린다) 상관하지 마세요, 상관하자 마세요! (거실에서 이리저리 걸어 다닌다) 아, 우리가, 그러니까 토르발이 그렇게 많은 사람들에게 아주 큰 영향력을 주고 있다는 생각을 하니 정말 굉장히 흥겨워요. (주머니에서 봉지를 꺼낸다) 박사님, 마카롱 하나 드실래요?

랑크	이런, 봅시다. 마카롱이네요. 여기 이 집에서는 금지된 것으로 생각되는데요.
노라	예, 맞아요. 하지만 크리스티네가 나한테 선물한 거예요.
린데 부인	뭐? 내가?
노라	자, 놀라지 마. 토르발이 마카롱을 금지한 것을 넌 실제로 알 수 없었잖아. 너도 분명 알아야 하니까. 그이는 내가 먹고 이가 썩을까 봐 염려하고 있어. 천만에! 한번쯤이야 상관없어! 안 그래요, 박사님? 여기 있어요, 드세요! (그의 입에 마카롱 한 개를 넣어준다) 그리고 너도 먹어, 크리스티네. 그리고 나도 한 개 먹어야지. 아주 작은 것을 하나만 먹을까, 아니면 기껏해야 두 개 먹는 거지. (다시 서성거린다) 그래, 이제 난 정말로 엄청나게 행복해. 이제 내가 몹시 원하는 세상에 딱 하나만 있을 뿐이야.
랑크	그게 뭔가요?
노라	난 꼭 말하고 싶은 게 있어요. 그리고 토르발이 그 말을 꼭 들었으면 해요.
랑크	그런데 왜 그것을 말하지 않습니까?
노라	아니에요, 말하면 안 돼요. 그것은 지극히 역겨운 얘기거든요.

린데 부인	역겹다고?
랑크	그렇군요. 그러면 그 이야기를 하지 않는 게 좋겠어요. 하지만 우리들에게는 할 수 있잖아요. 자, 토르발이 들었으면 하고, 말하고 싶은 게 무엇입니까?
노라	나는 몹시 말하고 싶어요. 아이쿠, 맙소사!
랑크	미쳤습니까?
린데 부인	아이, 노라, 너도 참!
랑크	말해 보세요. 저기 그 사람이 있네요.
노라	(마카롱 봉지를 숨긴다) 쉿!

헬메르가 팔에 외투를 걸치고 손에 모자를 들고서 그의 서재에서 나온다.

노라	(그에게 다가선다) 자, 사랑하는 토르발, 그 사람을 보냈나요?
헬메르	응, 그 사람 갔는데.
노라	소개할게요. 이 사람은 크리스티네에요. 오늘 도착했어요.
헬메르	크리스티네? 실례합니다만, 저는 모르겠군요.
노라	여보, 토르발, 린데 부인이라고요, 크리스티네 린데 부인이요.

헬메르	아 그렇군요. 추측컨대 제 아내의 학창시절 친구이시지요?
린데 부인	예, 우린 옛날부터 알고 지내는 사이에요.
노라	그리고 생각해봐요. 당신을 만나려고 이리로 먼 길을 온 거에요.
헬메르	무슨 일로 오신 겁니까?
린데 부인	특별히 온 건 아니에요.
노라	크리스티네가 사무일에 대단히 능숙하기 때문이에요. 그리고 크리스티네는 유능한 남자의 지도를 몹시 받고 싶어 하고 지금 할 수 있는 것보다도 더 많은 것을 배우고 싶어 해요.
헬메르	대단히 현명하십니다. 린데 부인.
노라	그래서 당신이 은행장이 되었다는 소식을 전보로 알렸거든요. 그걸 듣고 크리스티네가 가능한 한 빨리 이곳으로 여행을 온 거에요. 안 그래요, 토르발, 저를 봐서라도 크리스티네를 위해서 분명 도움을 좀 줄 수 있지요? 그렇죠?
헬메르	글쎄, 그게 전혀 불가능한 건 아닐 거요. 부인께서는 미망인이라고요?
린데 부인	예.
헬메르	그리고 사무실 일에는 숙달되어 있으신가요?

린데 부인   그렇습니다. 꽤 숙달되어 있습니다.

헬메르   그래요, 그러시다면 제가 어쩌면 부인께 어떤 일자리를 알선해줄 수 있을 겁니다.

노라   (손뼉을 친다) 내가 뭐랬어, 내가 뭐랬냐고?

헬메르   부인께서는 아주 적절한 때에 오셨습니다. 린데 부인.

린데 부인   제가 어떻게 감사해야 할까요?

헬메르   전혀 그러실 필요 없습니다. (외투를 입는다) 하지만 오늘은 이만 실례하겠습니다.

랑크   기다리게, 나도 같이 가겠네. (현관에서 그의 모피 외투를 가져와서 그것을 난로에 쬔다)

노라   너무 오래 있지 마세요, 토르발.

헬메르   한 시간만 있다 돌아올 거요. 더 오래 있지 않을 거야.

노라   크리스티네, 너도 가려고?

린데 부인   (그녀의 외투를 입는다) 응, 이제 가서 방을 구해야만 해.

헬메르   어쩌면 우리 같이 거리를 걸어 내려갈 수 있겠군요.

노라   (크리스티네를 돕는다) 우리가 너무 좁게 살아서 언짢아. 하지만 우리에겐 어쩔 수 없는 일이라.

린데 부인   무슨 생각을 하는 거야! 잘 있어, 노라, 그리고 여러 가지로 고마워.

노라   이따가 봐! 오늘 저녁에 당연히 다시 올 거잖아. 그리고 당신도요, 박사님. 뭐라고요? 건강이 허락하면 이라고요? 물론 건강이 좋아지셔야지요. 몸을 잘 감싸세요.

일반적인 대화를 나누면서 그들은 현관으로 나간다. 계단에서 아이들 소리가 들린다.

노라   아이들이 왔어요. 애들이 왔어요! (노라가 달려가 문을 연다)

하녀 안네 마리에가 아이들과 함께 들어온다.

노라   들어와, 어서 들어와! (몸을 굽혀 그들에게 키스한다) 어디 비할 데 없는 귀여운 내 자식들! 크리스티네, 얘들 좀 봐! 애들이 매력적이지 않니?

랑크   여기 찬바람이 부는 데서 이야기하지 말고 들어가십시오.

헬메르   가시지요, 린데 부인. 어머니가 아닌 사람들은 지금 여기서 더 이상 견딜 수가 없군요!

랑크, 헬메르 그리고 린데 부인이 계단을 내려간다. 유모는 아이들을 데리고 방으로 들어간다. 노라도 현관 쪽으로 통하는 문을 잠그고 마찬가지로 방으로 들어간다.

노라   너희들이 기운차고 쾌활해 보이는구나. 너희들에게 되돌아온 붉은 뺨 좀 봐. 사과와 장미 같구나. (그녀가 이렇게 말하는 동안에 아이들은 그녀와 함께 모두 뒤섞여 이야기를 한다) 재미있게들 놀았니? 그래 정말 잘했어. 아, 네가 에미와 봅에게 썰매를 태워줬구나? 잘 생각해봐! 그래, 넌 똑똑한 사내아이야, 이바르. 그 애를 내게 좀 줘봐, 안네 마리에. 귀엽고, 자그마한 인형 같은 내 아기! (유모에게서 막내를 받아 안고서 그와 함께 춤을 춘다) 그래, 그래! 엄마가 보브하고도 춤을 출게. 뭐라고? 너희들이 눈싸움을 했다고? 아, 엄마도 거기 있고 싶었는데! 아니, 안네 마리에, 그냥 놔둬, 내가 직접 애들 옷을 벗길게. 내가 하게 해줘. 내가 그렇게 하고 싶거든. 아이들 방에 들어가 좀 쉬어. 몸이 언 것 같이 보여. 난로 위에 따끈한 커피가 준비돼 있어.

유모는 왼쪽에 있는 방으로 걸어간다. 노라는 아이들의 외투들과 모자들을 벗겨 모든 것을 여기저기 던져놓는다. 그 사이에 노라는 아이들이 뒤죽박죽이 되어 말하는 걸 허용한다.

노라 아, 그래! 큰 개가 너희들 뒤를 따라왔다고? 하지만 그
개가 너희들을 물지는 않았지? 아냐, 개들은 너희들
처럼 이렇게 작고 귀여운 인형들을 물지 않는단다. 그
상자들을 들여다보면 안 돼, 이바르! 그게 뭐냐고? 그
래, 너희들이 그것을 알고 싶다면야! 아, 아니야. 그 안
에는 역겨운 것이 들어있어. 그래도 너희들 놀고 싶다
고? 우리 무슨 놀이할까? 숨바꼭질하기? 그래. 우리
숨바꼭질하자. 보브가 먼저 숨어. 나? 그래, 그럼 엄마
가 먼저 숨을게.

노라와 아이들은 거실에서 그리고 오른쪽에 맞닿아 있는 공간
에서 환호성을 지르고 웃으면서 놀고 있다. 그러다가 마침내 노
라가 식탁 아래에 숨는다. 아이들이 한꺼번에 돌진하여 들어와
찾지만, 엄마를 발견할 수가 없다. 그러고 나서 아이들은 엄마가
꾹 참으며 내던 웃음소리를 듣고는 식탁 앞으로 몰려와 식탁보
를 들어 올려 엄마를 본다. 아이들은 격정적인 환호성을 지른다.
노라는 마치 아이들을 놀라게 하려는 듯 앞으로 기어 나온다. 아
이들이 다시 크게 환호성을 지른다. 그러는 사이에 현관문에서
노크 소리가 난다. 아무도 그 소리에 주의를 기울이지 않는다. 이
제 문이 반쯤 열리고 크로그스타가 보인다. 그는 잠깐 기다리고,
놀이는 계속된다.

크로그스타 실례합니다, 헬메르 부인.

노라 (숨이 막힌 비명을 지르면서 몸을 돌리더니 무릎을 바닥에 붙인 채 위로 벌떡 몸을 일으킨다) 아! 무슨 일이지요?

크로그스타 실례합니다. 계단실 문이 약간 열려 있더군요. 누군가 문 닫는 걸 잊은 게 틀림없습니다.

노라 (일어선다) 제 남편은 집에 안 계세요, 크로그스타 씨.

크로그스타 알고 있습니다.

노라 그래요. 그럼 여기 무슨 용건이 있나요?

크로그스타 부인하고 말씀 좀 나누고 싶습니다.

노라 저하고요. (아이들에게 조용히) 안네 마리에의 방으로 들어가. 뭐라고? 아니야, 이 낯선 신사분이 엄마한테 해를 끼치지 않을 거야. 이 아저씨가 가시면, 우리 계속해서 놀자.

  그녀가 아이들을 왼쪽 방으로 데리고 가 들여보내고는 문을 잠근다.

노라 (불안해하며 긴장한 듯) 저하고 이야기를 나누고 싶다고요?

크로그스타 물론입니다.

노라	아직 1일이 아닌데요?
크로그스타	예, 오늘은 크리스마스이브입니다. 부인께서 어떤 선물을 받게 될지는 부인 자신에게 달려 있습니다.
노라	원하시는 것이 뭡니까? 오늘은 제가 조금…….
크로그스타	그것에 대해서는 우리가 이야기하지 말고요. 좀 다른 용건입니다. 잠시 시간 좀 내주실 수 있습니까?
노라	예, 그래요. 시간을 낼 수 있어요.
크로그스타	좋습니다. 저는 올젠 식당에 앉아 있다가 남편께서 길을 따라 지나가는 것을 보았습니다.
노라	그래요.
크로그스타	어느 숙녀분하고요.
노라	그 다음은 어떻게 됐나요?
크로그스타	괜찮다면 여쭙겠는데, 혹시 그 숙녀분이 린데 부인이었습니까?
노라	예.
크로그스타	그분이 여기 오신지가 아직 오래되지 않았지요?
노라	오늘 온 겁니다.
크로그스타	그 분이 부인의 좋은 친구 분인가요?
노라	예, 그래요. 하지만 저는 이해가 안 가네요.
크로그스타	저도 한번 그녀를 알았던 적이 있습니다.
노라	저도 그 사실은 알아요.

크로그스타 그렇습니까? 그렇다면 그 일에 대해서도 아시겠군요? 그럴 거라고 생각했습니다. 그러면 제가 간결하게 여쭤도 된다면, 린데 부인은 주식은행에 채용될 건가요?

노라 크로그스타 씨, 어떻게 감히 저를 심문할 수 있어요? 내 남편의 부하직원인 당신이 말에요? 하지만 당신이 물어보시니, 뭐 알려드리지요. 그래요, 린데 부인은 채용될 거예요. 그리고 제 자신이 그녀의 사정을 돌봐주었어요. 크로그스타 씨. 이제 아시겠군요.

크로그스타 그럼 제가 정확하게 추측했군요.

노라 (거실 안에서 이리저리 돌아다닌다) 아뿔싸, 그렇지만 사람이란 약간의 영향력도 발휘하게 마련이지요! 여자라고 해서 다 그렇게 하면 안 된다는 뜻은 아니지요. 하위직을 맡고 있다면, 크로그스타 씨, 사람을 모욕하지 않도록 정말 조심해야 해요. 그 사람이 특히⋯⋯.

크로그스타 영향력이 있는 사람이라면 말씀이시죠?

노라 물론입니다.

크로그스타 (말투를 바꾸면서) 헬메르 부인, 부디 저를 위해서 부인의 영향력을 발휘해 주시겠습니까?

노라 뭐라고요? 그게 대체 무슨 뜻인가요?

크로그스타 제가 은행에서 부하직원 자리를 유지하도록 부인께서 제발 배려해주시겠습니까?

노라　　그게 무슨 말씀이세요? 누가 댁의 직위를 빼앗으려고 하나요?

크로그스타　아, 저에 대해서 모르는 척하실 필요는 없습니다. 부인의 친구 분께서 저와 끊임없이 계속 마주쳐야 한다는 것이 달가워할 일이 아니라는 걸 저는 아주 잘 압니다. 그리고 저는 누구 때문에 쫓겨나게 되는지도 이제 잘 압니다.

노라　　하지만 제가 당신께 장담하는데요.

크로그스타　예, 예, 물론입니다. 간단히 말씀드리자면, 이제부터라도 늦지 않았습니다. 그래서 그것을 막기 위해서 부인의 영향력을 발휘해주실 것을 꼭 부탁드립니다.

노라　　하지만, 크로그스타 씨, 제게는 전혀 영향력이 없습니다.

크로그스타　없다고요? 방금 막 당신 스스로 말씀했다고 생각했는데요.

노라　　당연히 그렇게 이해해서는 안 되는 거잖아요. 제가, 어떻게 제가 제 남편한테 그런 영향력을 가지고 있을 거라고 생각할 수 있지요?

크로그스타　아, 저는 당신 남편을 대학생 시절부터 알고 있었습니다. 저는 은행장님이 다른 남편들보다도 덜 견고한 분이라고는 생각하지 않습니다.

노라　　　만약에 제 남편을 얕보는 말을 한다면, 저는 댁을 나가
　　　　　라고 명령할 거예요.

크로그스타　용감하십니다. 마님.

노라　　　저는 더 이상 댁을 두려워하지 않아요. 새해가 지나면
　　　　　난 모든 일에서 빠질 거예요.

크로그스타　(다시 자제한다) 이제 제 말 좀 들어보십시오, 부인. 위
　　　　　급한 경우 저는 은행의 말단 자리를 유지하기 위해서
　　　　　목숨을 걸고 싸울 겁니다.

노라　　　실제로도 그럴 거 같군요.

크로그스타　단지 수입 때문만이 아닙니다! 수입은 제게 거의 아
　　　　　무 문제가 안 됩니다. 좀 다른 문제입니다. 글쎄요. 숨
　　　　　기지 않고 말씀 드려야겠군요! 보십시오. 사실은 이렇
　　　　　습니다. 온 세상에 다 알려진 것처럼 부인께서도 분명
　　　　　아실 겁니다만, 저는 몇 해 전에 경솔한 짓을 저질렀
　　　　　습니다.

노라　　　그런 말을 들은 것 같군요.

크로그스타　그 일로 법정까지 가지는 않았습니다. 하지만 그 순간
　　　　　부터 저에게는 모든 기회가 갑자기 막힌 것 같았습니
　　　　　다. 그래서 부인께서도 잘 알고 계시는 일에 몰두했습
　　　　　니다. 저는 무언가를 시작해야만 했습니다. 그리고 저
　　　　　는 제가 가장 악랄한 사람들 중 하나라고 생각하지 않

는다고 말할 분명한 이유가 있습니다. 하지만 지금 저는 모든 일에서 벗어나야만 합니다. 제 아이들이 자라고 있습니다. 그 애들을 위해서라도 가능한 한 아주 많이 이 도시 시민의 존경을 얻도록 노력하지 않으면 안 됩니다. 은행에서의 제 직위가 소위 말하자면 저를 위한 첫 단계였습니다. 그런데 이제 부인의 남편이 제게 발길질하며 사다리에서 밀어내고 진흙탕으로 다시 떨어뜨리려고 합니다.

노라   하지만 다행이네요. 크로그스타 씨, 제게는 당신을 도와줄 능력이 전혀 없습니다.

크로그스타 부인이 선한 의지가 없기 때문이지요. 하지만 저는 당신에게 강요할 방법을 갖고 있습니다.

노라   제가 댁한테 돈을 빚지고 있다는 걸 남편에게 말하려는 건 아니지요?

크로그스타 흠, 그런데 만약에 제가 그것을 당신 남편에게 말한다면 어쩌지요?

노라   당신은 아주 비열하군요. (하마터면 울음을 터뜨릴 것 같다) 저의 기쁨이자 자랑인 이런 비밀을 내 남편에게 아주 추하고 졸렬한 방법으로 알리겠다고요? 이런 일을 댁으로부터 들어야 한다고요? 그러면 당신은 나를 가장 불쾌한 일에 내맡기는 거예요.

크로그스타 단지 불쾌한 일일 뿐일까요?

노라 (맹렬하게) 어디 그렇게 해보시지요! 당신 자신도 제일 큰 치욕을 당하게 될 테니까요. 그러고 나면 내 남편은 댁이 얼마나 나쁜 사람인지 가장 먼저 알게 될 거예요. 그리고 댁은 자리를 지키지 못하게 될 거예요!

크로그스타 난 부인이 집안에서의 불쾌한 일만을 두려워하는 것인지 물어본 겁니다.

노라 만약 내 남편이 그것을 듣게 된다면, 그분은 물론 잔금을 즉시 갚을 거예요. 그러고 나면 우리는 댁하고 할 일이 더 이상 아무 것도 없는 거예요.

크로그스타 (한걸음 더 가까이 다가서며) 헬메르 부인, 들어보십시오. 부인께서는 기억을 잘 못하시거나, 아니면 일에 대해서 잘 모르시는군요. 저는 부인께 용건을 좀 더 자세하게 설명해야 하겠군요.

노라 그게 무슨 말인가요?

크로그스타 부인의 남편께서 병이 났을 때 부인은 저한테 천이백 탈러를 빌리러 오셨습니다.

노라 저는 당신 외에 아무도 알지 못했거든요.

크로그스타 제가 부인께 돈을 마련해 주겠다고 약속했습니다.

노라 그리고 그 돈을 저한테 실제로 마련해주었어요.

크로그스타 저는 특정한 조건으로 그 금액을 마련해 드리겠다고 약속했습니다. 부인은 당시에 남편의 질병에 대해서 호소했고, 여행 경비를 마련하느라 몹시 열중하고 있었기에 모든 부가적인 상세 조건들에 대해서는 전혀 집중하지 않았습니다. 그래서 그것에 대해 부인께 상기시키는 것이 아주 타당하겠군요. 저는 제가 작성한 차용증을 받고 그 돈을 마련해드리기로 약속했습니다.

노라   그리고 그 차용증에 제가 서명했어요.

크로그스타 좋습니다. 하지만 차용증 하단에 부인의 아버지가 그 빚에 대한 보증을 선다는 내용을 제가 몇 줄 추가했습니다. 이 몇 줄에 부인의 아버지가 서명하기로 되어 있었습니다.

노라   서명하기로 되어 있었다고요? 아버지께서는 이미 서명하셨잖아요.

크로그스타 저는 날짜를 적지 않고 빈칸으로 비워두었습니다. 다시 말해서, 부인의 아버지께서 직접 날짜를 기입하시고 그 서류에 서명하시도록 말입니다. 기억하십니까, 부인?

노라   예, 그런 것 같아요.

크로그스타 그리고 부인께서 우편으로 아버지께 발송하도록 제가 부인께 차용증을 넘겨드렸습니다. 그렇지 않았습니까?

노라   맞아요.

크로그스타 그리고 부인께서는 물론 그렇게 하셨을 겁니다. 왜냐하면 닷새 또는 엿새 후에 부인의 아버지 서명이 된 서류를 저한테 가져왔으니까요. 그렇게 해서 부인께서는 그 돈을 받아가셨지요.

노라 그래요. 그래서 제가 지체 없이 분할하여 갚지 않았나요?

크로그스타 거의 그러셨지요. 하지만 우리가 이야기하던 것으로 돌아가 보지요. 그 당시는 부인께 아주 힘든 시기였습니다. 헬메르 부인.

노라 그래요, 그랬었어요.

크로그스타 부인의 아버지께서는 분명 중한 병으로 누워계셨었지요?

노라 아버지께서는 임종상태셨어요.

크로그스타 그리고 아버님께서는 곧이어 돌아가셨지요?

노라 맞아요.

크로그스타 부인께서 혹시 아버지가 돌아가신 날짜를 아직 알고 계신다면, 말씀해주시겠습니까, 헬메르 부인?

노라 아빠는 9월 29일에 돌아가셨어요.

크로그스타 정확합니다. 제가 그것을 조회해보았습니다. 그런 까닭에 저는 한 가지 이상한 점을 알게 되었지요. (종이 한 장을 꺼낸다) 이건 결코 설명할 수가 없었습니다.

노라   어떤 이상한 점인가요? 무슨 말인지 모르겠네요.

크로그스타 부인의 아버지께서 사망하시고 사흘 후에 이 차용증
        에 서명하신 게 이상한 점입니다. 자애로운 부인.

노라   무슨 뜻인가요? 저는 이해가 안 되는데요.

크로그스타 아버지께서는 9월 29일에 돌아가셨습니다. 그런데 이
        쪽을 좀 보십시오. 여기에는 아버님의 서명이 10월 2
        일자로 기록되어 있습니다. 이게 이상하지 않습니까?
        자애로우신 부인.

노라   (말이 없다)

크로그스타 부인은 저에게 이유를 설명할 수 있습니까?

노라   (여전히 말이 없다)

크로그스타 10월 2일이라는 어구와 연도가 부인의 아버지 필체
        가 아니고, 더욱이 제게 잘 알려진 것으로 여겨지는
        필체라는 것도 눈에 띕니다. 자, 그것도 물론 설명할
        수 있어야 합니다. 부인의 아버지께서 서명하신 날짜
        를 기록하시는 걸 잊으셨을 수도 있습니다. 그런데 그
        러고 나서 다른 어떤 사람이 아버지가 사망하신 것도
        모르고 되는대로 날짜를 추가했을지도 모릅니다. 그
        렇게 하는 게 나쁜 일도 아닙니다. 이름을 서명하는
        게 중요합니다. 그리고 그 서명이 진짜입니까, 헬메르
        부인? 부인의 아버지께서 친히 이름을 여기에 기입하

셨습니까?

노라 (잠시 한숨을 돌리고 나서, 머리를 꼿꼿이 쳐들고 그를 도전적으로 바라본다) 아니오, 그렇지 않습니다. 제가 아버지의 이름을 서명했어요.

크로그스타 아하, 자애로운 부인, 이것이 위험한 고백이라는 사실도 알고 계시지요?

노라 어째서요? 댁의 돈을 받게 될 텐데요.

크로그스타 한 가지 질문을 드리겠는데요, 무엇 때문에 부인은 아버지께 서류를 보내지 않으셨습니까?

노라 그건 불가능했어요. 아빠는 병상에 누워계셨어요. 만약에 제가 아버지께 서명을 부탁했더라면, 제가 어떤 목적으로 돈이 필요한지도 아버지께 말씀드려야 했을 거예요. 하지만 그토록 중병을 앓고 계시는 아버지께 남편의 생명이 위험하다고 말씀드릴 수는 없잖아요? 그건 아주 불가능했어요.

크로그스타 그러셨더라면 부인께 훨씬 더 좋았을 겁니다. 부인은 해외 여행을 포기하는 게 더 나았을 텐데요.

노라 아니오, 그럴 수는 없었어요. 여행을 가야 제 남편의 생명을 구할 수 있었으니까요. 전 그 여행을 포기할 수 없었어요.

크로그스타 하지만 부인은 그렇게 하는 게 저를 속이는 거라는 걸 도대체 생각하지 않았습니까?

노라 　도저히 그런 것까지 고려할 수는 없었어요. 댁은 나하고 전혀 아무 상관이 없었어요. 제 남편 상태가 얼마나 위태로운지 댁이 알고 있음에도 불구하고, 너무 무정하고 여러 가지 어려운 일들을 만들어 냈기 때문에, 난 참을 수가 없었어요.

크로그스타 　헬메르 부인, 부인은 실제로 죄를 지었다는 것을 조금도 상상하지 못하시는군요. 하지만 난 부인께 말할 수 있습니다. 제가 예전에 저질렀던 것 그리고 제가 갖고 있던 시민으로서의 지위를 깎아 내린 죄는 부인이 저지른 죄보다 더 큰 것도 아니고 더 나쁜 것도 아니었습니다.

노라 　댁이요? 댁이 부인의 생명을 구하기 위해서 용감한 일 좀 했다고 나를 설득하려는 거예요?

크로그스타 　법은 동기를 고려하지 않습니다.

노라 　그렇다면 그건 아주 끔찍한 법임에 틀림없군요.

크로그스타 　나쁘건 나쁘지 않건 간에, 만약 제가 이 종이 조각을 법원에 제출하면, 부인은 법률에 따라 판결을 받게 될 겁니다.

노라 　그 말을 난 이제 더 이상 믿지 않아요! 딸이라면 자신의 늙고 죽을병에 걸린 아버지에게 두려움과 근심을

면하게 할 권리를 갖고 있어야 하지 않나요? 아내라면 자기 남편의 생명을 구할 권리를 갖고 있어야 하는 게 아닌가요? 난 법률을 정확하게는 알지 못해요. 하지만 이런 권리가 허용되어 있는 게 어딘가에 분명히 있다고 난 확신해요. 댁은 변호사죠? 그렇다면 댁은 형편없는 법률가인 게 틀림없어요.

크로그스타   그럴지도 모르지요. 하지만 거래에 대해서, 우리가 서로 체결한 것 같은 그런 거래에 대해서는 그래도 제가 더 잘 알지 않습니까? 좋습니다. 이제 부인께서는 좋을 대로 하십시오. 하지만 부인께 이 말을 꼭 드립니다. 만약에 제가 다시 내쫓기게 된다면, 부인께서는 제 말상대가 되어야 할 겁니다.

그가 인사를 하고 현관을 통해 나간다.

노라   (잠시 생각에 잠겼다가 머리를 뒤로 젖힌다) 아, 이런! 나에게 겁을 주려고 하는군! 난 그렇게 순진하지 않아. (아이들의 외투를 포개기 시작하더니, 곧 그 일을 그만둔다) 하지만? 아니야, 그것은 절대로 있을 수 없는 일이야! 나는 사랑하는 마음에서 그것을 한 거야.

아이들   (왼쪽 문으로 들어온다) 엄마, 그 낯선 아저씨가 방금 집에서 나갔어요.

노라 그래, 그래, 나도 알아. 하지만 그 낯선 아저씨에 대해
서는 아무에게도 말하지 말거라. 너희들 듣고 있지?
아빠에게도 말하지 마.

아이들 예, 엄마. 이제 다시 우리하고 놀 거죠?

노라 아니, 아니야, 지금은 안 돼.

아이들 하지만 엄마가 약속하셨잖아요!

노라 그래. 하지만 난 지금은 같이 놀 수가 없구나! 어서 들
어가. 할 일이 많아. 들어가, 애들아, 들어가! 내 사랑스
럽고, 귀여운 아이들아.

아이들을 다정하게 옆방으로 들여보내고, 문을 닫고 소파에 앉
는다. 노라는 수놓던 것을 집어 들고 바느질을 하더니 곧 다시 멈
춘다.

안 돼! (수놓던 것을 내던지고 일어나, 현관문 앞으로 가
서 밖에다 대고 소리 지른다) 헬레네! 전나무를 가져와!
(왼쪽 탁자 앞으로 가서 서랍을 연다. 다시 하던 동작을
멈춘다) 아니야, 이것은 정말 있을 수 없는 일이야!

하녀 (전나무를 들고 있다) 존경하는 마님, 전나무를 어디다
세워놓을까요?

노라	저쪽, 거실 한 가운데 세워놔.
하녀	그밖에 또 가져올 게 있나요?
노라	아니, 됐어. 난 필요한 건 다 있어. (그 하녀가 나무를 세워놓고 다시 나간다. 노라가 나무를 닦기 시작한다) 여기에 등을 달고, 저기에 꽃을 달아야지. 비열한 인간! 허튼소리야! 허튼소리! 허튼소리라고! 모든 게 별일 없어. 크리스마스트리는 예뻐야 해. 당신에게 즐거움을 주는 것이면 난 모든 걸 다 할 거예요, 토르발. 내가 당신에게 노래 좀 불러줄게요, 춤을 춰 보일게요.

헬메르가 겨드랑이에 한 뭉치의 서류를 낀 채 안으로 들어온다.

노라	아, 벌써 돌아왔어요?
헬메르	응. 누가 여기 왔었어?
노라	여기요? 아니오.
헬메르	이상하군! 크로그스타가 집에서 나가는 걸 봤거든.
노라	그래요? 아, 맞아요. 크로그스타 씨가 잠깐 여기 왔었어요.
헬메르	노라, 난 당신을 보고 그걸 눈치 챘어. 그 사람이 여기에 왔었고 자신을 위해 좋은 말을 해달라고 당신한테 간청한 거라고.

노라	맞아요.
헬메르	그래서 자발적인 것처럼 그의 부탁을 들어줘야 한다는 거였어. 그가 여기 왔었다는 걸 나한테 비밀로 해야 한다는 거겠지. 그가 당신한테 그렇게 해달라고 부탁하지 않았나?
노라	맞아요, 토르발, 하지만…….
헬메르	노라, 당신이 어떻게 그런 일에 관여할 수 있었단 말이오? 그런 사람하고 대화를 나누고 그런 사람한테 또 약속을 할 수가 있어? 그리고 게다가 나한테는 거짓말을 하다니!
노라	거짓말이라고요?
헬메르	당신은 여기 아무도 오지 않았다고 내게 말하지 않았어? (손가락으로 위협한다) 나의 노래하는 작은 새는 절대로 다시 그런 짓을 해서는 안 돼. 노래하는 새는 순수한 작은 부리로만 지저귀는 거지, 거짓 음을 내서는 안 돼! (그녀의 허리를 껴안는다) 그래야 되는 거 아니야? 그래, 난 그걸 잘 알고 있었어. (그녀를 풀어준다) 그리고 이제 그만둡시다. (난로 앞에 앉는다) 아, 여기가 따뜻하고 아늑하군 그래. (서류를 뒤적인다)
노라	(전나무에 몰두하다가, 잠시 후에.) 토르발!
헬메르	응?

노라	저는 모레 있을 스텐보리 씨 댁에서 열릴 가장 무도회가 몹시 기대돼요.
헬메르	그리고 당신이 무엇으로 나를 깜짝 놀라게 할 건지 몹시 알고 싶어.
노라	아, 아주 어리석은 일이에요!
헬메르	뭐라고?
노라	아직 버젓한 게 아무 것도 떠오르지 않아요. 모든 게 시시하고, 지루해요.
헬메르	작은 노라가 그걸 깨달았단 말이지?
노라	(의자 뒤에서, 양 팔을 의자 등받이에 올려놓으면서) 토르발, 할 일이 아주 많아요?
헬메르	그렇지.
노라	그 서류들은 다 뭐예요?
헬메르	은행 업무지 뭐.
노라	벌써요?
헬메르	난 퇴직하는 은행장으로부터 인사와 사업계획에 대해 필요하다면 바꿔도 된다는 전권을 위임 받았어. 게다가 난 크리스마스 주간을 이용해야만 해. 새해가 시작될 때까지 모든 것을 정리할 거요.
노라	그러니까 그것 때문에 그 못난 크로그스타가 그런 거였네요.

헬메르   음.

노라   (여전히 등받이 손잡이에 몸을 기대고서, 그의 목덜미 털을 천천히 쓰다듬는다) 만약 당신이 할 일이 아주 많지 않다면, 난 당신한테 아주 큰 부탁을 할 텐데요, 토르발.

헬메르   말해봐. 그게 무슨 일인데?

노라   사실 당신처럼 아주 순수한 취향을 가진 사람은 없어요. 나는 가장 무도회에서 아주 예쁘게 보이고 싶어요. 토르발, 내가 무엇으로 꾸며야 할지, 그리고 제가 어떤 옷을 입어야 할지 도와주고 결정해줄 수는 없어요?

헬메르   아하, 작은 고집이 구원해 줄 천사를 찾고 있는 중이라는 것이지?

노라   그래요, 토르발, 당신 도움 없이는 난 그것을 해낼 수가 없어요.

헬메르   그래 좋아, 내가 그 일을 숙고해 볼게. 우리는 분명 뭔가를 찾아낼 거야.

노라   아, 당신 정말 고마워요. (다시 크리스마스트리 앞으로 간다. 잠시 멈춘다) 이 빨간 꽃들이 얼마나 예뻐요. 그런데 말 좀 해줘요, 저 크로그스타란 자가 저지른 일이 정말 아주 나빠요?

헬메르   그가 서명을 위조했어. 그게 무슨 뜻인지 이해하겠어?

노라	그가 절박해서 그런 일을 한 게 아닐까요?
헬메르	맞아, 아니면, 다른 많은 사람들이 흔히 그러듯이, 경솔해서 그랬던 것이지. 나도 그런 개별적인 행동으로 한 사람을 판단할 정도로 무정하지는 않아.
노라	그래요, 토르발. 그렇지 않지요.
헬메르	자신이 위반한 일을 공개적으로 자백하고 자신의 죄를 속죄한다면, 몇몇 사람들은 도덕적으로 다시 일어날 수 있을 거야.
노라	죄라고요?
헬메르	하지만 크로그스타는 그 길에 발을 들여놓지 않았어. 온갖 술책과 계략을 써서 그는 벗어난 거야. 그리고 바로 그런 일이 그 사람을 도덕적으로 파괴하고 말았지.
노라	당신도 그렇게 생각하는 거예요?
헬메르	그렇게 죄를 의식한 사람은 사방팔방으로 거짓말을 하고 위선적으로 행동하고 의뭉스럽게 굴 수밖에 없거든. 자기에게 가장 가까운 사람들, 그래, 바로 자신의 아내와 자녀들에게조차 가면을 써야겠지. 자녀들 앞에서 말이야, 노라. 이건 솔직히 가장 경악스러운 일이지.
노라	왜요?
헬메르	거짓말의 그러한 영향권은 온 가족에게 전염병과 독을 가져다 주기 때문이야. 그런 집에서 아이들이 들이

마시는 모든 공기는 어떤 사악한 행위의 씨앗들로 가
득 차 있는 거라고.

노라 (헬메르의 뒤로 가까이 붙으며) 당신도 그렇게 믿어요?

헬메르 여보, 변호사 일을 하면서 그런 일을 자주 경험했어.
일찍 타락한 거의 모든 사람들에게는 거짓말하는 어
머니들이 있었더라고.

노라 왜 하필 어머니들이에요?

헬메르 가장 빈번한 게 어머니들 탓이더군. 하지만 아버지들
도 물론 똑같은 방향으로 영향을 미치지. 그것은 모든
법률가들에게 아주 잘 알려져 있는 거야. 그리고 이 크
로그스타라는 작자는 수년 내내 거짓말과 위장술을
통해서 자기 자식들을 중독되게 한 거야. 그렇기 때문
에 내가 그 작자를 도덕적으로 부패했다고 부르는 거
지. (노라 쪽으로 양손을 내민다) 그러니 내 사랑스러
운 작은 노라는 그 작자의 편을 들지 않겠다고 나한테
약속해야만 해. 손 올리고 약속하는 거지? 자, 이게 뭐
야? 손잡아 봐. 그러니까 이제 합의한 거야. 내가 당신
한테 확신하는데, 내가 그 사람하고 함께 일하는 것은
불가능할 거야. 나는 그런 사람이 가까이 있으면 말 그
대로 몸이 불쾌한 기분에 사로잡혀.

노라 (잡힌 손을 빼고 전나무 반대편 쪽으로 건너간다) 거실

이 정말 따뜻하네요. 그리고 난 할 일이 아주 많아요.

헬메르 (일어나 자기의 서류들을 모은다) 그래, 나도 저녁 식사 전에 이 서류들 중 몇 가지를 훑어봐야만 해. 그리고 당신의 가장 무도회용 의상도 생각해야 하고. 게다가 금종이에 싸서 크리스마스트리에 달아놓을 수 있는 것을 준비할 거야. (손을 노라의 머리 위에 놓는다) 오, 나의 사랑스러운 작은 새!

헬메르가 서재로 들어가며 문을 닫는다.

노라 (조용한 목소리로) 아, 무슨 말을! 그럴 리가 없어. 그것은 불가능해. 그건 불가능한 게 틀림없어.

유모 (문간 왼쪽에서) 아이들이 엄마한테 가게 해달라고 아주 귀엽게 조르네요.

노라 안 돼, 안 돼! 아이들이 이리로 들어오지 못하게 해요! 안네 마리에, 아이들 곁에 있어줘요.

유모 예, 알겠습니다. 부인. (문을 닫는다)

노라 (두려워서 창백하다) 내가 내 아이들을 타락시킨다! 내 집을 해친다고? (잠시 멈추더니 머리를 위로 쳐든다) 그건 사실이 아니야. 그건 영원히 사실이 아니라고!

2막

같은 거실. 피아노 옆 구석 위쪽에 크리스마스트리가 있다. 장
식들은 모두 떼어졌고, 헝클어진 가지에는 다 타버린 양초들이
달려있다. 노라의 모자와 외투가 소파 위에 놓여 있다.

노라는 혼자 방에 있다. 그녀는 불안하게 이리저리 돌아다닌
다. 결국 노라는 소파 앞에 멈춰 서서 외투를 집어 든다.

노라   (외투를 다시 떨어뜨린다) 저기 누가 있네! (문 앞으
          로 가서 귀를 기울인다) 아니야, 아무도 안 왔어. 당연
          히 성탄절인 오늘은 아무도 안 오지. 그리고 내일도
          마찬가지로 안 올 거야. 하지만 혹시, (문을 열고 밖을
          내다본다) 아니야, 우편함에 아무것도 없어. 완전히

비었어. (방안을 걸어 다닌다) 무슨 말도 안 되는 소리야! 그 남자는 물론 진심으로 말하지는 않았을 거야! 그런 일이 일어날 리가 없어. 그건 불가능해. 내게는 어린애들이 셋이나 있어.

유모가 커다란 종이상자를 들고 왼쪽 방에서 나온다.

유모 드디어 제가 가장 무도회 의상이 들어있는 상자를 찾았어요.

노라 고마워. 그것을 테이블 위에 놓아두세요.

유모 (그렇게 한다) 하지만 가장 무도회 의상이 몹시 뒤죽박죽 혼잡한 상태에요.

노라 난 그 옷을 갈기갈기 찢어버릴 수만 있다면 좋겠어!

유모 하지만 안 돼요! 그 옷은 아주 좋은 상태로 다시 수선할 수 있어요. 조그만 참으세요!

노라 알았어요. 가서 나를 좀 도와달라고 린데 부인을 데려와야겠네요.

유모 벌써 다시 나간다고요? 이렇게 끔찍한 날씨에요? 노라 마님, 감기에 걸릴 거예요, 병들어요.

노라 아직 최악은 아닐 거예요. 애들은 뭐해요?

유모 가련한 어린이들은 크리스마스 선물을 갖고 놀고 있어요. 하지만……

노라   애들이 자꾸 나를 찾던가요?

유모   애들은 늘 자기 주위에 엄마가 있는 것에 익숙해 있어서요.

노라   그래요. 하지만, 안네 마리에, 앞으로는 내가 지금까지처럼 애들하고 더 이상 그렇게 많이 같이 있을 수가 없을 거예요.

유모   글쎄요. 어린 아이들은 사실 모든 것에 익숙해진답니다.

노라   그렇게 생각해요? 만약에 내가 완전히 떠난다면, 애들이 자기 엄마를 잊을 거라고 생각해요?

유모   말도 안 돼요, 완전히 떠난다니요!

노라   유모, 아니 안네 마리에. 말해 봐요. 내가 깊이 생각한 게 있는데, 어떻게 유모는 감히 자기 자식을 낯선 사람들에게 넘겨줄 수가 있었어요?

유모   제가 어린 노라의 유모가 되기 위해서는 꼭 그래야만 했잖아요.

노라   맞아요, 하지만 어떻게 기꺼이 그랬냐고요?

유모   만약 이렇게 좋은 자리를 얻을 수 있다면 뭐든 못했겠어요. 불행에 빠진 가련한 여자 아이는 그래도 즐거워할 수밖에 없지요. 왜냐하면 그 못된 사람이 저를 위해서 아무것도 해준 게 없었으니까요.

노라   그럼 유모의 딸은 유모를 분명 잊었겠군요?

유모   아, 아니에요. 제 딸아이는 그렇지 않았어요. 제 딸아이가 교회에서 학습세례를 받았을 때, 그리고 결혼 했을 때도 제게 편지를 써 보냈어요.

노라   (유모를 꺼안아준다) 사랑하는 안네 할멈! 유모는 내가 어렸을 때 나에게 아주 좋은 엄마였어요!

유모   가련한 어린 노라는 정말 나 외에는 다른 엄마가 없었지요.

노라   그리고 만약 내 어린아이들에게 이제 더 이상 다른 엄마가 없다면, 유모가 아이들에게도 좋은 엄마가 되어 주리라는 걸 난 잘 알아요. 말도 안 돼, 말도 안 돼, 말도 안 되는 소리! (종이상자를 연다) 이제 아이들한테 가 봐요. 난 이제 반드시⋯⋯. 유모는 내가 내일 얼마나 예쁘게 꾸미는지 봐야할 거예요.

유모   그럼요, 전체 무도회에서 노라 아씨만큼 아름다운 사람은 분명 아무도 없을 거예요.

왼쪽으로 퇴장한다.

노라   (상자를 풀기 시작하지만 곧 다시 전부를 내동댕이친

다) 아, 내가 집을 나갈 수만 있다면! 만약에 아무도 오지 않는다면. 내가 나간 사이에 여기 집에 아무 일도 일어나지 않는다면. 아, 말도 안 돼. 도대체 오긴 누가 와? 그 생각은 하지 말자. 이제 토시의 먼지를 털어야겠어. 예쁜 장갑. 예쁜 장갑이네. 가볍게 생각하자! 가볍게 생각하자! 하나, 둘, 셋, 넷, 다섯, 여섯 (큰 소리를 지른다) 아, 저기 애들이 오는구나. (문 쪽으로 가려다가 결정하지 못하고 멈춰 선다)

린데 부인이 모자와 외투를 벗어놓은 현관에서 들어온다.

노라　　아, 너구나, 크리스티네. 밖에 아무도 없지? 네가 와서 얼마나 좋은지 몰라.

린데 부인　네가 와서 나를 찾느라 야단이었다고 들었어.

노라　　그래. 지나가는 길이었어. 네가 나를 좀 도와줘야만 해. 소파에 앉자. 들어봐! 내일 위층 스텐보리 영사 집에서 가장 무도회가 있어. 그런데 이 무도회 때 토르발은 내가 나폴리 어부의 딸로 가장하고 타란텔라 춤을 추기를 바라고 있어. 내가 카프리 섬에서 그 춤을 배웠기 때문에 그래.

린데 부인　아, 그러니까 네가 공식적인 공연을 할 거구나?

노라	그래. 토르발은 내가 그래야 한다고 주장했어. 봐, 여기 의상이 있어. 토르발이 이탈리아에서 내게 이 옷을 맞춰준 거야. 하지만 지금은 모두 너무 구겨져서 어떻게 해야 할지 난 도무지 모르겠어.
린데 부인	우리는 그것을 분명 다시 수선할 수 있어. 가장자리가 몇 군데 느슨해졌을 뿐이야. 바늘하고 실 있니? 자, 우리에게 필요한 게 여기 다 있구나.
노라	오, 정말 친절하구나. 고마워.
린데 부인	(바느질한다) 그러니까 네가 내일 가장할 거란 말이지? 노라, 제안이 있는데, 그러면 내일 내가 화려한 옷을 입고 있는 너를 보러 잠시 이쪽으로 올게. 그 전에 어제 저녁 편안하게 지내게 해준데 대해 너한테 고맙다고 말하는 걸 깜빡 잊었어.
노라	(일어나서 방안을 이리저리 걷는다) 난, 어제 이곳이 평소처럼 그다지 즐겁지 않다고 생각했어, 네가 좀 더 일찍 이 도시로 왔어야 했는데, 크리스티네. 토르발은 집을 말끔하고 멋지게 꾸미는 법을 실제로 잘 알고 있어.
린데 부인	그리고 네 재능도 모자라지 않다고 난 생각해, 까닭없이 네가 네 아버지의 딸은 아니거든. 하지만 말해 봐. 랑크 박사님은 어제처럼 여전히 기분이 언짢아?

노라	아니, 어제는 아주 유별났었지. 그건 그렇고 그분은 아주 위중한 병을 앓고 있어. 이 불쌍한 사람이 척수결핵을 앓고 있어. 네가 결국 알아야 하거든. 그의 아버지는 여자들을 가까이 하고, 온갖 추잡한 일을 저지른 몹시 기분 나쁜 사람이었어. 그러니 그 아들이 어릴 적부터 벌써 병이 들었다는 걸 넌 알아차렸을 거야.
린데 부인	(바느질감을 무릎에 내려놓으며) 노라, 넌 그런 일들을 어떻게 알았니?
노라	(이리저리 걸어 다닌다) 피이, 자식이 셋이면, 어느 정도 의사 같은 지식을 지닌 여자들이 가끔 찾아 와. 그리고 이 여자들은 이런 저런 이야기를 들려주지.
린데 부인	(다시 바느질하다가 잠시 멈춘다) 랑크 박사님은 매일 집에 오셔?
노라	매일 오셔. 그분은 정말 토르발의 가장 친한 죽마고우거든. 그분은 나의 좋은 친구이기도 해. 박사님은 이를테면 가족이나 마찬가지야.
린데 부인	그런데 말이야. 그 남자는 아주 솔직하니? 내 말은, 그분이 사람들한테 듣기 좋은 말만 하는 걸 좋아하지 않느냐고.
노라	완전히 그 반대야. 어떻게 그런 생각을 한 거니?
린데 부인	네가 어제 나를 그분한테 소개했을 때, 그분은 이 집

에서 내 이름을 종종 들었다고 말했어. 하지만 네 남편은 내가 누군지 전혀 모르고 있다는 사실을 나는 나중에 눈치 챘어. 그런데 랑크 씨가 어떻게 그럴 수 있었지?

노라 그래, 그게 맞아, 크리스티네. 토르발은 아주 형언할 수 없을 정도로 나를 사랑해. 그렇기 때문에 그 사람은 말하는 대로 나를 완전히 독점하려고 해. 결혼 초기에는 집안의 소중한 사람들을 언급하기만 해도 그이는 질투하곤 했어. 그래서 난 자연스럽게 그런 말을 그만뒀지. 그렇지만 랑크 박사님하고는 종종 그런 일에 대해서 이야기해. 너도 알다시피 그분은 남의 이야기를 듣는 걸 좋아하거든.

린데 부인 들어봐, 노라. 넌 아직 많은 일에 있어서 어린애야. 나는 너보다 몇 살 더 먹었고 경험도 더 많이 했지. 너에게 말해주고 싶은데, 랑크 박사님하고의 일을 끝내려고 노력해봐.

노라 무슨 일을 끝내라는 거야?

린데 부인 말하자면 그렇다는 뜻이야. 넌 어제 너한테 돈을 마련해주기로 했던, 너를 열렬히 사랑하는 노신사에 대해서 떠벌렸어.

노라 그래, 전혀 존재하지도 않는 어떤 사람에 대해서지.

유감스럽게도 말이야. 그래서 뭐?

린데 부인 랑크 박사님에게 재산은 있어?

노라 그럼, 있고말고.

린데 부인 그리고 그분은 돌봐야만 하는 사람은 아무도 없고?

노라 아무도 없어. 그런데?

린데 부인 그리고 그분은 매일 너희들 집에 오시지?

노라 너도 들어서 잘 알잖아.

린데 부인 어떻게 순수한 남자가 그렇게 뻔뻔스러울 수가 있지?

노라 난 네 말 뜻을 전혀 이해하지 못하겠어.

린데 부인 속이지 마, 노라. 네가 누구한테 천이백 탈러를 빌렸는지 내가 알아맞히지 못할 거라고 생각하는 거니?

노라 너 정신 나갔어? 어떻게 그렇게 생각할 수 있어? 매일 우리를 찾아오는 우리 집 친구인데. 그랬다면 얼마나 끔찍하고 고통스러운 상황이겠어!

린데 부인 그러니까 정말 그분이 아니야?

노라 그래, 정말로 아니야. 한 순간도 그런 생각을 해본 적이 없어. 당시에 박사님은 빌려줄 돈조차도 없었어. 나중에야 상속을 받았거든.

린데 부인 그렇다면 그게 너한테는 다행이었다고 생각해, 노라.

노라 나는 박사님한테 부탁해야겠다는 생각을 단 한 번도 해볼 수가 없었어. 그건 그렇지만 만약에 내가 그분한테 부탁한다면, 기꺼이 빌려줬을 거라고 확신해.

린데 부인　너는 그런 부탁을 하지 않을 거야.

노라　물론 하지 않겠지. 그럴 필요가 있을 거라고 난 믿을 수도, 생각할 수도 없어. 하지만 내가 박사님과 상의한다면, 필시 들어줄 거야.

린데 부인　네 남편 몰래?

노라　난 다른 일을 해결해만 해. 그것도 그이 모르게 일어나는 일이야. 난 이 일을 반드시 해결해야만 해.

린데 부인　그래, 그래, 내가 이미 어제 그 이야기를 했잖아, 하지만…….

노라　(이리저리 걸으며) 남자는 여자보다 이와 똑같은 일도 훨씬 잘 해결할 수 있어.

린데 부인　자기 남편이면 그렇지.

노라　말도 안 돼! (멈춰 선다) 자기가 빚진 모든 것을 다 갚는다 하더라도, 차용증서를 또 받는다고?

린데 부인　그럼, 물론이지.

노라　그럼 그 증서를 산산조각 갈기갈기 찢어서 그걸 태워버려도 되는 거겠네. 넌더리나고 더러운 종이 말이야!

린데 부인　(노라를 똑바로 바라보다가 바느질감을 내려놓고 천천히 일어선다) 노라, 나한테 뭔가 숨기고 있구나.

노라   알아챘어?

린데 부인 어제 아침부터 너한테 무슨 일이 일어났어. 노라, 그
         게 뭐지?

노라   (그녀에게 다가선다) 크리스티네 (귀를 기울인다)
         쉿! 토르발이 집으로 오고 있어. 아이들한테 잠시 들
         어가 있어. 토르발은 내가 바느질하는 걸 싫어해. 안
         네 마리에의 도움을 받아.

린데 부인 (물건들의 일부를 주워 모은다) 그래, 하지만 우리가
         서로 기탄없이 이야기하기 전에는 여기서 떠나지 않
         을 거야.

    왼쪽으로 퇴장한다. 그 순간 헬메르가 현관에서 들어온다.

노라   (그에게로 가면서) 아, 당신을 얼마나 기다렸는지 몰
         라요, 사랑하는 토르발.

헬메르   저 사람은 재봉사였나?

노라   아니오, 크리스티네였어요. 내 의상을 수선하는 걸 도
         와주고 있어요. 제가 얼마나 예쁘게 보이게 될지 잘
         봐요.

헬메르   그게 나의 묘안이 아니었소?

노라   훌륭한 착상이에요! 내가 당신 맘에 드는 걸 하고 있

으니, 내가 고맙죠!

헬메르 (그녀를 턱으로 누르며 껴안는다) 당신 남편 마음에 드는 걸 하니까 고마워하라고? 그래, 그래, 귀여운 말괄량이, 당신이 그런 의도로 말한 게 아니었다는 걸 난 분명 알고 있어. 하지만 난 당신을 방해하지 않을 거요. 당신은 어쩌면 옷을 입어봐야만 할 테니까.

노라 그리고 당신은 분명 일을 해야만 하는 거죠?

헬메르 그래. (그녀에게 한 묶음의 서류를 보여준다) 이것 봐, 난 은행에 다녀왔어. (자신의 방으로 들어가려고 한다)

노라 토르발!

헬메르 (멈춰 선다) 응.

노라 만약 당신의 다람쥐가 아주 귀엽고 진심 어리게 당신한테 무언가를 부탁한다면…….

헬메르 대체 뭘 말이오?

노라 그럼 당신은 그것을 해주시겠어요?

헬메르 그것이 무슨 일인지 먼저 알아야만 하겠는데.

노라 만약에 당신이 친절하고 관대하게 대해주신다면, 다람쥐는 껑충껑충 뛰어다니며 익살스런 행동을 할 텐데요.

헬메르 그럼, 이야기해봐!

노라	그러면 종달새는 방마다 돌아다니며 큰 소리, 작은 소리로 지저귈 텐데요.
헬메르	아, 나의 종달새도 그렇게 하는 데 뭐.
노라	난 달빛 아래서 요정들처럼 재롱부리고 당신 앞에서 춤을 출게요, 토르발.
헬메르	노라, 설마 당신이 오늘 아침에 이미 말했던 것과 관련된 건 아니겠지?
노라	(더욱 간절하게) 바로 그거에요, 토르발, 아주 진심으로 당신한테 부탁이에요!
헬메르	한 번 더 그 일을 거론할 용기가 당신한테 정말 있는 거요?
노라	그럼요, 그럼요. 제 부탁을 들어주셔야만 해요. 당신이 크로그스타에게 은행의 직책을 꼭 맡기셔야 해요.
헬메르	여보, 내가 그의 자리를 린데 부인에게 주기로 결정했어.
노라	그건 지극히 고마운 일이에요. 하지만 당신이 크로그스타 대신에 다른 사람을 해고하기만 하면 되요.
헬메르	하지만 그건 믿을 수 없는 고집이오! 당신이 그 사람을 위해서 잘 말해주기로 경솔한 약속을 했기 때문에, 내가 당연히 그럴 거란 생각을…….
노라	그렇기 때문이 아니에요, 토르발. 당신 자신을 위해서

죠. 이 사람은 가장 외설적인 신문들을 위해서 글을 쓰고 있어요. 당신 스스로 내게 그것을 말했어요. 그 사람이 당신한테 말로 다 할 수 없을 만큼 많은 해를 끼칠 수 있어요. 난 그 사람이 너무나도 두려워요.

헬메르 아하, 이제야 이해가 되는군. 옛날의 경험들이 당신을 놀라게 하는 거요.

노라 그게 무슨 뜻이에요?

헬메르 당신은 자연스럽게 당신의 아버지를 생각하고 있는 거라고!

노라 네, 그래요. 악의적인 사람들이 아빠에 대해서 신문에 어떻게 썼는지, 그리고 그들이 얼마나 혐오스럽게 아버지를 헐뜯었는지 기억해보세요. 그 일을 조사하기 위해서 정부가 당신을 파견하지 않았더라면 그들이 아빠를 파면하게 했을 거라고 난 생각해요. 그리고 만약 당신이 아빠에게 호의적이지 않고 관대하지도 하지도 않게 취급했더라면, 아빠는 해고당했을 거예요

헬메르 노라. 당신 아버지와 나 사이에는 현저한 차이가 있어. 당신 아버지는 공직자로써 흠 잡힐 데가 없지는 않았지. 하지만 난 의혹을 살 일이 없어. 그리고 내가 이 자리에 있는 동안에, 흠 잡히지 않기를 바라고 있어.

노라 아, 악한 사람들이 무슨 과오를 범할지 결코 알 수는

없잖아요. 지금 우리는 우리의 평화롭고, 아무 걱정 없는 집에서 아주 아늑하게, 아주 평온하게 그리고 아주 행복하게 살 수 있어요. 당신과 내가 그리고 아이들이요, 토르발! 그렇기 때문에 당신한테 애원하는 거예요.

헬메르 당신이 방금 이렇게 부탁하니 그 사람을 더더욱 붙잡지 못하겠군. 내가 크로그스타를 해고할 거라는 건 은행에는 이미 잘 알려진 일이오. 새로 부임한 은행장이 자기 부인의 권유를 받아 마음이 바뀐다면……

노라 그러면 무슨?

헬메르 그러면 당연하지. 만약 내 귀여운 고집쟁이가 자기 뜻대로만 한다면, 난 모든 직원들 앞에서 웃음거리가 될 거야. 그러면 사람들에게 내가 가능한 모든 외부의 영향에만 의존하고 있다는 생각을 품게 할 거라고. 잘 들어요. 나는 금방 그 결과를 절실히 깨닫게 될 거야. 그리고 내가 은행장으로 있는 동안, 크로그스타가 은행에서 일할 수 없는 이유가 있어. 내가 곧 결과를 반드시 감지하게 될 테니 믿기나 해! 그리고 그 외에도 내가 은행장으로 있는 한 크로그스타가 은행에 일하는 게 아주 불가능한 사정이 또 있어.

노라 그 사정이란 게 뭔데요?

헬메르 비상시라면 그의 도덕적 결함을 내가 안 보고 지나칠 수도 있었을 거요.

노라 네, 그렇지요, 토르발?

헬메르 그 사람이 아주 유능하다고들 말하는 걸 나도 들었어. 하지만 그 사람은 내가 어린 시절 알던 사람이오. 내가 성급하게 알고 지내던 그런 사람들 중 한 명인데, 이런 사람들은 훗날 내 인생을 너무 자주 성가시게 하고 있지 뭐요. 우리가 서로 반말하던 사이라는 걸 당신한테 솔직히 털어놓을 수 있어. 그런데 이 사려 깊지 못한 사람이 다른 사람들이 있을 때에도 우리가 반말하던 사이라는 걸 전혀 숨기지 않는 거야. 오히려 그 반대지. 나에게 친밀한 말투로 말할 특권을 자기가 갖고 있다고 그자는 생각하고 있어. 그리고 매 순간 "야, 헬메르"라고 말하면서 자기의 수단을 쓰고 있거든. 당신한테 확실히 말하는데, 그런 것이 나를 몹시도 고통스럽게 해. 그 사람은 나에게 은행에서의 내 지위를 견뎌내지 못하게 할지도 모른다고.

노라 토르발, 그 모든 게 당신의 진심은 아닐 거예요.

헬메르 그래? 무엇 때문에 아니란 거요?

노라 아니지요. 그런 것은 소심한 동기일 뿐이니까요.

헬메르 지금 무슨 말을 하는 거요? 소심한 동기라고? 당신이 나를 소심하게 여기는 거요?

노라　그 반대인걸요. 사랑하는 토르발. 그리고 바로 그렇기 때문이에요.

헬메르　그래도 마찬가지요. 당신은 내가 행동하는 동기를 소심하다고 언급하고 있어. 그러면 내가 소심한 게 틀림 없지. 소심하다고! 자, 봐! 그러면, 정말로, 이 문제는 그만 걷어치우자고. (현관 문 앞으로 가서 부른다) 헬레네!

노라　당신, 뭘 하려고요?

헬메르　(서류들을 뒤진다) 끝내려고 하는 거요! (하녀가 들어온다) 이 편지를 받아요. 그리고 즉시 그것을 가지고 내려가요. 심부름꾼을 시켜 그 편지를 처리하세요. 하지만 빨리요! 주소는 그 위에 적혀 있어요. 돈은 여기 있소.

하녀　잘 알겠습니다.

편지를 가지고 퇴장한다. 헬메르는 서류들을 한데 모은다.

헬메르　자, 나의 작은 고집쟁이.

노라　(숨 가쁘게) 토르발, 저 편지는 뭐예요?

헬메르　크로그스타의 해고통지서야.

노라 그 편지를 도로 회수하세요, 토르발! 아직 시간이 있어요. 아, 토르발, 그 편지를 회수하시라고요. 나를 위해서 그렇게 해주세요. 당신을 위해서, 아이들을 위해서 말이에요! 제 말 들으세요, 토르발, 그렇게 하세요. 이 해고통지서가 우리들 모두에게 무슨 일을 가져올지 당신은 모르고 있어요.

헬메르 너무 늦었어.

노라 네, 너무 늦었어요.

헬메르 사랑스런 노라, 비록 이 해고가 실제로 나에게 모욕이라고 할지라도, 난 당신의 이런 두려움을 용서할 수 있어. 그건 정말 모욕이야! 그렇지 않고 만약 내가 부패한 삼류 문인의 보복을 두려워해야만 한다고 당신이 생각하고 있다면, 그것 또한 모욕이 아니겠어? 하지만 그렇더라도 난 당신을 용서해. 당신은 그렇게 함으로서 위대한 사랑이라는 아름다운 증거를 나에게 주고 있으니까 말이야. (그녀를 자기의 양팔로 껴안는다) 그것은 별수 없는 일이야, 열렬히 사랑하는 노라. 무슨 일이 생기든 상관없어. 만약 그것이 중요한 문제가 된다면, 내게 용기와 힘이 있다는 것을 믿어줘. 내가 어떤 일이든지 책임지는 남자라는 것을 당신을 알게 될 거야.

노라   (겁에 질려서) 그게 무슨 말이에요?

헬메르   내 말은 무슨 일이든 책임진다는 뜻이야.

노라   (냉정해져서) 당신이 그럴 필요 없을 거예요.

헬메르   좋아, 그러면 우리 같이 나눠서 해결해, 노라. 남편과 아내로서 말이야. 그럼 제대로 되는 거야. (그녀를 애무한다) 이제 만족해? 자, 이렇게 소스라친 비둘기 눈은 하지 마. 모든 것이 정말 아무것도 아닌 공허한 망상일 뿐이야. 당신은 이제 타란텔라 춤을 한 번 더 연습하고 탬버린에 맞춰서 연습해야 해. 난 사무실에 앉아서 중간 문을 닫을 거야. 그러면 아무 것도 듣지 못하지. 당신이 원하는 대로 마음껏 소음을 낼 수 있어. (문 쪽으로 몸을 돌린다) 그리고 랑크가 오면 그에게 나를 찾을 수 있는 곳을 말해줘. (노라에게 고개를 끄덕이고, 서류를 들고서 그의 서재로 들어가 문을 잠근다)

노라   (겁에 질려서 당황하여 마치 뿌리가 박힌 듯 그 자리에 서서 중얼거린다) 그자는 그 일을 할 텐데. 온 세상이 뭐라고 하든지 그 자는 그렇게 할 거야. 안 돼. 그렇게 하면 안 돼, 절대로 안 돼! 그 일만큼은 절대로 안 돼! 구조! 출구! (현관에서 초인종 소리가 울린다) 랑크 박사님이야! 다 해도, 그것만은 안 돼! 차라리 다른 거라면, 그게 무엇이든 상관없어!

노라는 얼굴을 비비며, 정신을 차리고 현관으로 이어진 문을 연다. 밖에서는 랑크 박사가 옷걸이에 모피코트를 걸고 있다. 다음 대화가 진행되는 동안 날이 점점 어두워지기 시작한다.

노라 안녕하세요, 박사님. 초인종 소리를 듣고 박사님인줄 알았어요. 하지만 토르발에게는 들어가실 수가 없어요. 그이가 일에 몰두하고 있는 같아서 그래요.

랑크 그러면 부인은요?

노라 (그가 거실로 들어오는 동안 노라는 그의 뒤에서 문을 닫는다) 아, 잘 아시잖아요. 박사님을 위해서라면 제가 항상 시간을 남겨두고 있다는 걸 말이에요.

랑크 고맙습니다. 제가 아직 할 수 있는 한 저는 그것을 이용할 겁니다.

노라 그게 무슨 말씀이신가요? 박사님께서 할 수 있는 한 이라니요.

랑크 글쎄요, 그 말이 부인을 깜짝 놀라게 했나요?

노라 그건 아주 기이한 표현이거든요. 무슨 일이 일어나나요?

랑크 제가 오랫동안 각오해왔던 일이 일어날 겁니다. 그 일이 이렇게 즉시 오게 될 거라고는 물론 생각하지 않았습니다.

노라   (그의 팔을 붙잡는다) 무엇에 대한 확증을 알아내셨나요? 박사님, 그것을 제게 말씀해주셔야만 해요.

랑크   (난롯가에 앉는다) 저는 약해지고 있습니다. 이런 실상을 그 무엇도 바꿔주지는 못할 겁니다.

노라   (안도의 한숨을 쉰다) 박사님 자신에 대해서 말씀하는 거군요.

랑크   그렇지 않으면 누구에 대해서겠습니까? 자신을 속이는 게 무슨 소용이겠습니까? 저는 제 환자들 가운데서 가장 비참한 환자입니다. 헬메르 부인. 요즈음 저는 제 몸의 건강상태를 진찰해봤습니다. 파산상태입니다! 아직 한 달 남았습니다. 그리고 저는 분명 교회 묘지에 누워 썩어갈 겁니다.

노라   그만 하세요. 박사님 말씀이 너무 흉측해요.

랑크   그 사건 또한 굉장히 흉측합니다. 하지만 최악의 사태는 다른 많은 흉측한 일이 먼저 일어나게 된다는 것이지요. 저에게는 아직 한 가지 진찰이 남아 있습니다. 그 진찰이 끝나면, 언제 이 몸의 종말이 시작되는지 저는 대충 압니다. 저는 부인께 말씀을 좀 드리고 싶습니다. 헬메르는 순수한 성품이라 흉측한 모든 것에 대해서는 아주 눈에 띄는 혐오감을 품고 있습니다. 저는 그를 제 병실에 들어오게 하고 싶지 않습니다.

노라 하지만, 박사님!

랑크 저는 그 사람을 거기 못 오게 할 겁니다. 어떤 조건에 서라도 말입니다. 저는 그가 못 들어오게 제 병실 문을 잠글 겁니다. 제가 최악의 사태에 대해서 확인하자 마자, 부인께 검은색 십자가가 그려진 제 명함을 보내 드리겠습니다. 그러면 부인은 파멸이라는 끔찍한 일이 시작되었다는 것을 알게 될 겁니다

노라 안 돼요. 박사님은 오늘 정말 볼품 없으시군요. 그런데 저는 기분 좋은 상태인 박사님을 보았으면 좋겠어요.

랑크 마음속에 죽음이 있는데요? 다른 사람이 저지른 죄의 대가를 참회해야만 하는데요? 그 속에 공평이 있습니까? 그렇기에 어느 가정에나 그 어떤 식으로든 이런 무자비한 보복이 드리워있는 겁니다.

노라 (귀를 막으며) 말도 안 돼요! 즐거워하세요, 즐거워하세요!

랑크 전체 이야기가 원래 우스울 뿐이지요. 저의 불쌍하고 아무 책임 없는 척추는 제 아버지의 흥청망청했던 중위 시절의 대가를 치러야만 합니다.

노라 (테이블 옆 왼쪽에서) 박사님의 아버지께서 아스파

라거스와 거위 간 파이에 너무 집착하셨다는 말씀이 군요. 그렇지 않은가요?

랑크   예, 송로버섯에도 지나치게 집착하셨습니다.

노라   송로버섯도요. 그리고 제가 틀리지 않다면, 굴도 즐겨 드셨지요?

랑크   굴도, 당연히 굴에도 집착하셨어요.

노라   게다가 포트와인과 샴페인도 좋아하셨군요. 이 모든 맛있는 음식들이 뼈에 타격을 준다니 슬프네요.

랑크   특히 그 음식들이 불운한 뼈에만 타격을 주니까요. 뼈 는 그 음식들을 조금도 흡수하지 못합니다.

노라   물론이죠, 그게 가장 슬픈 것이에요.

랑크   (노라를 살피듯 바라본다) 흠⋯⋯.

노라   (바로 뒤이어) 왜 미소 지으신 거죠?

랑크   부인이 웃었습니다.

노라   아니에요, 박사님, 선생님께서 미소 지으셨어요!

랑크   (일어선다) 부인은 제가 생각했던 것보다 훨씬 더 심 한 장난꾸러기시군요.

노라   저는 오늘 못된 장난을 치려고 마음먹고 있어요.

랑크   그래 보입니다.

노라   (두 손을 랑크의 양 어깨에 올려놓는다) 친애하는, 친 애하는 박사님, 선생님께서는 토르발과 저만 남겨두고 세상을 떠나면 안 돼요!

랑크   아, 부인께서는 그런 비애를 쉽게 극복하시게 될 겁니다. 죽은 사람들은 즉시 잊게 마련입니다.

노라   (그를 걱정스럽게 바라본다) 그렇게 생각하세요?

랑크   사람들은 새로운 인연들을 맺고, 그러고 나면…….

노라   누가 새로운 인연을 맺지요?

랑크   제가 떠나고 나면, 두 분은 그렇게 할 겁니다. 부인께서는 이미 가장 좋은 길에 들어선 것처럼 보입니다. 어제 저녁에 린데 부인은 여기에서 무엇을 원하셨나요?

노라   아하, 박사님은 심지어 불쌍한 크리스티네를 질투하시는군요?

랑크   확실히 그렇습니다. 이제 그 부인은 이 집에서 저의 후임자 역할을 하겠군요. 제가 떠나면, 이 분이 어쩌면…….

노라   쉿, 너무 크게 말하지 마세요. 크리스티네가 저 안에 있어요.

랑크   오늘 다시 왔습니까? 그거 보세요!

노라   단지 제 의상을 바느질하기 위해서예요. 맙소사, 박사님 품위가 없으시네요. (소파에 앉는다) 제발 부탁이에요, 박사님. 내일이면 제가 얼마나 예쁘게 춤을 추는지 박사님도 보시게 될 거예요. 그러고 나면 제가 박사님을 위해서 그 춤을 추는 거라고 생각하셔야만 해요. 물론 토르발을 위해서도 그러는 거예요. 물론이죠. (상자에서 이것저것 비품들을 꺼낸다) 박사님, 여기 앉아보세요. 뭐를 좀 보여드릴게요.

랑크 (앉으며) 무엇인가요?

노라 좀 보세요.

랑크 실크 스타킹이군요.

노라 살색이에요. 스타킹이 예쁘지 않나요? 지금 여기는 조명이 어두워요. 하지만 내일이 되면, 아니에요, 먼저 밑을 보셔야 해요. 아, 박사님은 염려하지 마시고 윗부분을 봐도 괜찮아요.

랑크 음…….

노라 왜 그렇게 비판적으로 보시지요? 혹시 스타킹이 안 어울린다고 생각하세요?

랑크 이에 대해 저는 도무지 뭐라고 드릴 말씀이 없습니다.

노라 (그를 잠깐 바라보더니) 관둬요, 부끄러운 줄 아세요! (스타킹으로 그의 귀를 살짝 때린다) 자, 이에 대한 대가로 받는 거예요! (스타킹을 다시 상자에 넣는다)

랑크 훌륭한 것들을 제가 또 볼 수 있습니까?

노라 보여드릴게 전혀 없어요. 박사님은 장난이 심하니까

요. (노라는 낮은 목소리로 흥얼거리고 물건들을 이리저리 뒤적인다)

랑크 (잠깐 말을 쉰 다음에) 만약 제가 부인의 집에 발을 들여놓지 않는다면, 앞으로 어떻게 될지 이해할 수 없습니다. 아니, 알 수가 없습니다.

노라 (미소 짓는다) 박사님도 우리 집을 편안하게 여기실 거라고 저는 생각해요.

랑크 (그녀를 응시하면서 좀 더 낮은 목소리로) 그런데 이 모든 것을 이제 떠나야만 하는군요. (조금 전과 마찬가지로) 그런데 감사에 대한 보잘것없는 표시조차 남길 수가 없네요. 일시적인 그리움도 거의 남기지 못하고, 앞으로 처음 만날, 가장 친해질 사람이 채울 수 있는 빈자리 하나만 남길 뿐입니다.

노라 제가 지금 박사님께 부탁을 드린다면요?

랑크 무슨 부탁을 말씀하시는 겁니까?

노라 커다란 우정의 표시를…….

랑크 그래요, 그러십시오!

노라 아니에요, 제 말은 아주 큰 호의를 부탁 드리는 거에요.

랑크 그러니까 부인은 이번 한 번만 저를 행복하게 만들어 주시려고 그러십니까?

노라 아, 박사님은 무엇에 관계된 문제인지 전혀 모르세요.

랑크	자, 좋아요. 그러니 말씀해보십시오.
노라	아니에요, 저는 말할 수 없어요, 박사님. 그것은 들어보지 못한 엄청난 큰일이자 충고이며 도움이고 호의거든요.
랑크	많으면 많을수록 더 좋습니다. 부인께서 말씀하시는 뜻을 제가 생각할 수 없을지라도, 제발 말씀해보십시오. 부인은 저를 믿지 못하십니까?
노라	그 어떤 사람보다도 더 많이 믿지요. 박사님은 저의 가장 신실하고 가장 좋은 친구예요. 제가 그걸 잘 알아요. 그렇기 때문에 저는 그것을 박사님께도 말씀 드리고자 하는 거예요. 그러니까 잘 들어보세요, 박사님. 제가 문제를 막을 수 있게 저를 도와주셔야만 해요. 박사님께서는 토르발이 저를 얼마나 열성스럽게, 이루 말할 수 없이 얼마나 깊이 사랑하는지 알고 계세요. 저를 위해서 목숨을 내놓아야 한다면, 그이는 한 순간도 주저하지 않을 거예요.
랑크	(노라에게 몸을 숙인다) 노라, 부인은 그가 유일한 사람일거라고 생각하십니까?
노라	(약간 움찔한다) 유일한 사람이라니요?
랑크	부인을 위해서 자기 목숨을 기꺼이 바칠게 될 그 사람 말입니다.

노라   (애처롭게) 네, 그렇죠.

랑크   제가 최후를 맞이하기 전에 부인께 이 사실을 알려야 한다고 다짐했습니다. 더 나은 기회는 결코 다시 나타나지 않을 거예요. 그래요, 노라, 이제 부인도 이 사실을 알고 있습니다. 그리고 이제 부인께서 다른 누구보다 저를 신뢰할 수 있다는 것도 부인은 알고 있습니다.

노라   (조용히 일어선다) 좀 지나가게 해주세요.

랑크   (노라에게 자리를 비켜주지만, 여전히 앉아 있다) 노라!

노라   (현관 쪽으로 통하는 문 안쪽을 향해) 헬레네, 등 좀 가져와요. (난롯가로 간다) 아, 친애하는 박사님, 그 말씀은 정말로 혐오스러웠어요.

랑크   (일어선다) 제가 다른 사람과 마찬가지로 부인을 진심으로 사랑했다는 것 말입니까? 그게 혐오스러웠습니까?

노라   아니오, 하지만 박사님이 그 사실을 저에게 말하시는 게 그래요. 결코 그런 말할 필요가 없었잖아요.

랑크   그게 무슨 말씀입니까? 알고 있었습니까?

하녀가 등불을 탁자 위에 올려놓고 다시 나간다.

랑크   헬메르 부인, 여쭤볼게 있는데요. 부인께서는 이미 아
        셨습니까?

노라   아, 그것을 알았는지 알지 못했는지 제가 어떻게 알아
        요? 그것만은 박사님께 정말 말할 수 없어요. 박사님
        이 이렇게 어색하다니! 하지만 모든 게 아주 좋았어
        요!

랑크   자, 제가 부인께 몸과 마음을 바쳤다는 것을 적어도
        이제는 확신하실 겁니다. 부탁이 뭔지 이제 말씀해주
        십시오.

노라   (그를 쳐다본다) 이제 와서요?

랑크   부탁입니다, 그게 무엇에 관한 것인지 말씀해 주시겠
        습니까?

노라   이제 아무 것도 못들을 거예요.

랑크   안 됩니다, 안 돼요! 이렇게 저를 벌하시면 안 됩니다.
        부디 그것을 제게 말씀해주십시오. 사람의 힘으로 할
        수 있는 것이라면 무엇이든 저는 이제 부인을 위해서
        할 겁니다!

노라   박사님은 이제 저를 위해서 할 수 있는 것이 아무 것
        도 없어요. 저는 아무런 도움도 필요 없게 될 거에요.
        박사님은 알게 될 겁니다. 모든 게 단지 상상이었을
        뿐이라는 걸요. 전적으로 확실해요. 물론이지요! (흔

들의자에 앉아, 그를 바라보고는 웃는다) 박사님은 저에게 정말 친절하신 신사분이세요, 친애하는 박사님! 이제 등불을 가져다 놓았는데, 혹시 부끄러우세요?

랑크 아니오, 실은 그렇지 않습니다. 하지만 저는 이제 가봐야 합니다. 영원히 말입니다.

노라 안 돼요. 제발 그러시면 안 돼요! 박사님은 당연히 여느 때와 같이 우리에게 오실 거예요. 토르발은 박사님 없이는 지낼 수 없다는 걸 잘 아시잖아요.

랑크 그런데 부인은요?

노라 아, 박사님이 오시면 여기가 늘 굉장히 재미있어 지는 것 같아요.

랑크 바로 그런 태도가 저를 잘못된 행로로 끌어댔습니다. 부인은 저에게 수수께끼입니다. 부인께서 헬메르와 같이 있는 것을 좋아하는 것과 마찬가지로 저와 함께 있는 것을 좋아한다고 저는 생각했었습니다.

노라 그렇군요. 보세요. 모든 것을 사랑하는 사람이 있고 사람들과 함께 있는 것을 가장 좋아하는 사람들이 있어요.

랑크 네. 그럴듯하군요.

노라 제가 아직 결혼하기 전에 집에 있었을 때, 당연히 저는 무엇보다도 아빠를 사랑했어요. 하지만 제가 하녀들에게 몰래 내려갈 수 있을 때마다 저는 늘 재미있다고 생각했어요. 하녀들은 저에게 결코 훈계하지 않았고, 그리고 나서 그녀들은 항상 재미있는 일들에 대해서 이야기했기 때문이에요.

랑크 아하, 그러니까 제가 하녀들과 교대를 한 거군요!

노라 (벌떡 일어나 그에게 다가간다) 친애하고, 대단히 친절하신 박사님, 그런 뜻이 아니에요. 하지만 아시다시피 토르발과 함께 있는 것은 아버지와 있는 것과 똑같아요.

하녀가 현관에서 들어온다.

하녀 마님! (뭔가 조용히 속삭이듯 말하고는 노라에게 명함을 건넨다)

노라 (명함을 힐끗 본다) 아! (주머니에 집어넣는다)

랑크 불쾌한 것입니까?

노라 아니요, 아니에요. 전혀 그렇지 않아요. 단지 제 새 옷이에요.

랑크 뭐라고요? 새 옷은 저기 있습니다.

노라 아, 맞아요! 하지만 다른 옷에 관한 문제예요. 제가 그 옷을 주문했어요. 토르발이 그것을 알면 안 돼요.

랑크   아하, 그러니까 이건 부인의 가장 큰 비밀이군요?

노라   네, 그래요. 토르발에게 들어가 보세요. 토르발은 안쪽 방에 있어요. 그를 오랫동안 잡아 두세요.

랑크   걱정하지 마십시오. 토르발이 저한테 빠져나가지 못하게 하겠습니다.

그가 헬메르의 방으로 들어간다.

노라   (하녀에게) 그런데 그 사람이 부엌에서 기다리니?

하녀   예, 그 사람은 뒤쪽 계단으로 올라왔습니다.

노라   하지만 집에 아무도 없다고 그 사람한테 말하지 않았어?

하녀   말했습니다만 아무 소용이 없었습니다.

노라   그 사람이 다시 돌아가지 않는다고?

하녀   그 사람이 마님하고 이야기하기 전까지는 안 간다고 합니다.

노라   그러면 그 사람을 들여보내. 하지만 조용히 해야 해. 아무에게도 이것을 발설해서는 안 돼. 헬레네, 내 남편이 깜짝 놀랄 일이거든.

하녀   예, 잘 알겠습니다.

퇴장한다.

노라   엄청난 일이 일어나는구나. 결국 그 일이 생기는구나.
                 안 돼, 그 일이 발생하게 할 수 없어. 그 일이 발생해서
                 는 안 돼!

헬메르가 있는 서재로 가서 문의 빗장을 지른다. 하녀가 현관
문을 열어 크로그스타를 들여보내고 그의 뒤에서 다시 문을 닫
는다. 그는 여행용 모피 외투를 걸치고, 모피 장화를 신었으며 모
피 모자를 쓰고 있다.

노라   (크로그스타에게 다가간다) 낮은 목소리로 말하세요.
                 제 남편이 집에 있어요.
크로그스타 나를 신경쓰지 마십시오.
노라   저에게 뭘 원하시는 거예요.
크로그스타 확답을 얻고 싶습니다.
노라   그럼 서두르세요. 무슨 일인데요?
크로그스타 제가 해고통지를 받은 것을 잘 아실 겁니다.
노라   저는 그것을 막을 수가 없었어요, 크로그스타 씨. 당
                 신의 일을 위해서 마지막 수단까지 써가며 노력했어
                 요. 하지만 그건 아무런 소용도 없었어요.

크로그스타 남편께서는 부인을 조금도 사랑하지 않습니까? 제가 부인의 어떤 일들을 폭로할 수 있는지 그가 알고 있는데도, 감히……

노라 그이가 그 일을 알고 있다는 걸 댁이 어떻게 확신해요?

크로그스타 물론이지요. 저도 그걸 이미 생각해봤어요. 우리 착한 헬메르 토르발도 남자다운 용기를 그다지 많이 보여주지는 못할 것 같군요.

노라 크로그스타 씨, 제 남편을 존중해주기 바래요.

크로그스타 오, 그렇고말고요! 응당 경의를 표해야지요. 하지만 부인께서는 이 일을 아주 조심스럽게 비밀로 하고 있기 때문에, 마님께서 실제로 저지른 것에 대해서 오늘은 어제보다도 훨씬 더 잘 알고 있다고 믿어도 되지요?

노라 저에게 일찍이 알려줄 수 있었던 것보다도 더 잘 알아요!

크로그스타 그야 물론이지요, 저같이 형편없는 변호사는…….

노라 제게 바라는 게 뭐죠?

크로그스타 헬메르 부인께서 어떻게 지내시는지 그저 알고 싶었을 뿐입니다. 저는 온종일 부인 생각을 했습니다. 일개 출납계원에, 삼류 문인에. 대충 말해서, 저 같은 사람에게도 말하자면 마음이란 게 있습니다.

노라 그러면 마음이란 걸 입증해보세요. 제 어린 아이들을 생각하세요.

크로그스타 부인과 부인의 남편은 제 아이들을 생각해 보셨습니까? 그렇더라도 상관없습니다! 부인은 이번 일을 너무 진지하게 받아들일 필요는 없습니다. 단지 이것만 부인께 말씀드리고 싶었습니다. 당분간은 제 편에서 이 일로 고소하지는 않을 겁니다.

노라 그렇죠? 그럴 줄 알았어요.

크로그스타 이 모든 일은 호의적으로 해결될 수 있습니다. 이 일은 알려질 필요가 전혀 없습니다. 이 일은 우리 셋만 아는 문제입니다.

노라 제 남편이 그것을 절대로 알면 안 돼요.

크로그스타 부인은 그것을 어떻게 막으려고 합니까? 혹시 남은 빚을 갚을 수 있습니까?

노라 아니오, 당장은 안 돼요.

크로그스타 아니면 며칠 안에 돈을 마련할 방법이 있습니까?

노라 제가 할 수 있는 방법은 전혀 없어요.

크로그스타 방법이 있었더라도 부인에게는 소용이 없었을 겁니다. 그리고 만약에 부인이 수중에 아주 많은 현찰을 갖고 여기 제 앞에 서 있다고 하더라도, 부인은 차용증을 돌려받지 못할 겁니다.

노라　　그와 같이 댁이 그것을 가지고 무엇을 시작하려고 하는지 설명해보세요.

크로그스타　저는 그것을 단지 간직하고 있을 겁니다. 그것을 수중에 지니고 있을 겁니다. 관계없는 사람은 이 일에 대해 아무 것도 알지 못하게 할 겁니다. 만약 부인께서 어떻게 해서든 절망적인 영향력을 품고 있으려고 한다면……

노라　　저는 꼭 그렇게 할 거예요.

크로그스타　만약 부인께서 집과 가족을 떠나려고 생각한다면.

노라　　저는 꼭 그렇게 할 거예요.

크로그스타　아니면 만약에 부인이 혹시 더 좋지 않은 것을 계획한다면.

노라　　어떻게 알았어요?

크로그스타　그렇다면 그런 생각을 포기하십시오.

노라　　제가 그런 생각을 품고 있다는 것을 어떻게 알았어요?

크로그스타　우리와 같은 사람은 처음에는 항상 그런 생각을 품고 있지요. 저 역시 그러려고 마음 쓰고 있었습니다. 하지만 맙소사, 저는 용기가 없었습니다.

노라　　(소리죽여) 저도 없었어요.

크로그스타 (안심이 되어) 그렇지요? 부인에게는 그렇게 할 용기
가 없습니다. 부인께서도 역시 없었군요!

노라   저는 그럴 용기가 없어요. 그럴 용기가 없다고요.

크로그스타 만약 그랬다가는 아주 어리석은 일임을 알게 될 겁니
다. 가정사적인 첫 번째 폭풍만 지나간다면 말이죠.
저는 이 주머니에 부인의 남편한테 보낼 편지를 갖고
있습니다.

노라   씌어 있는 대로 다 말했나요?

크로그스타 가능한 한 아주 관대한 표현으로요.

노라   (황급히) 그 편지가 그의 수중에 들어가면 안 돼요!
그 편지를 찢어버리세요, 그러면 돈을 마련해보도록
해볼 거예요.

크로그스타 부인, 실례합니다. 하지만 제가 방금 막 그 문제를 부
인께 말씀드린 걸로 생각합니다.

노라   아, 댁에게 빚진 돈을 말하는 게 아니에요. 제 남편한
테 요구하는 금액이 얼마인지 말해보세요. 그러면 그
돈을 마련할게요.

크로그스타 부인의 남편에게 돈을 요구하는 게 아닙니다.

노라   그러면 뭘 원하지요?

크로그스타 들어보십시오. 부인, 저는 다시 회복하고 싶습니다.
저는 출세할 겁니다. 그때 부인의 남편이 저를 도와주

어야 합니다. 일 년 반쯤 전부터 저는 불명예스러운 행위를 전혀 저지르지 않았습니다. 이 기간 동안 저는 가장 괴로운 상황과 맞서 싸웠습니다. 저는 한 단계씩 다시 노력해서 올라갈 수 있다는데 만족했습니다. 이 제 저를 몰아낸다는데, 저를 다시 돌봐준다는 것만으로 만족하지는 않을 겁니다. 거듭 말하는데, 저는 성공할 겁니다. 저는 다시 은행에 들어가고 싶습니다. 더 높은 지위를 차지하고 싶습니다. 부인의 남편이 저에게 적합한 자리를 만들어주어야 합니다.

노라 그이는 절대로 그러지 않을 거예요.

크로그스타 그는 그렇게 할 겁니다. 저는 그를 압니다. 그는 감히 투덜거리지도 못할 겁니다. 그리고 제가 일단 은행에 들어가서 그와 함께 일하게 되면, 어떤 일이 벌어질지 한번 두고 보십시오! 일 년도 채 되기도 전에 저는 은행장의 오른팔이 되어 있을 겁니다. 그러면 헬메르 토르발이 아니라 닐스 크로그스타가 주식합자은행을 운영하게 될 겁니다.

노라 댁은 그런 일을 경험하지 못할 거예요!

크로그스타 부인께서 혹시?

노라 이제 저도 그럴 용기가 있어요.

크로그스타 아, 부인은 저를 불안하게 만들지 못합니다. 부인처럼 순수하고, 사치스런 귀부인은……

노라   두고 봐요, 두고 보라고요!

크로그스타 혹시 얼음 밑으로 뛰어들 겁니까? 차갑고 시커먼 물
            속으로요? 그러고 나서 봄에 뭍으로 떠밀려오려고요.
            흉측하고, 누군지 알아볼 수도 없고, 머리카락을 다
            빠진 채 말이군요.

노라   당신도 나를 불안에 떨게 하지 못해요!

크로그스타 그리고 부인 역시 제게 그렇게 못합니다. 그런 일을
            하지는 못합니다. 헬메르 부인. 그리고 더구나 그게
            무슨 의미가 있겠습니까? 그래봤자 제가 그 편지를
            주머니에 가지고 있으니 말입니다.

노라   아직도요? 만약 제가 더 이상 하지 않는다면요?

크로그스타 부인이 사망한 후에도 부인의 명예가 저에게 달렸다
            는 것을 잊으신 겁니까?

노라   (아무 말 없이 서서 그를 바라본다)

크로그스타 자, 이제 부인이 어떤 상황에 처해있는지 알고 계십시
            오. 어리석은 행동을 하지 마십시오. 제 편지에 대한
            헬메르의 회답을 기다리고 있는 중입니다. 그리고 부
            인의 남편 스스로가 저를 이런 종류의 길로 몰아넣었
            다는 사실을 잊지 마십시오. 일을 이렇게 만든 당신
            남편을 저는 결코 용서하지 않을 겁니다. 안녕히 계십

시오, 부인!

현관을 통해 퇴장한다.

노라   (현관문을 향해 달려가 문을 빼꼼히 열고 귀를 기울여 듣는다) 그자가 가는군. 편지를 넘겨주지 않네. 아, 아니야. 그럴 리가 없을 텐데. (문을 점점 더 넓게 연다) 저게 뭐지? 그자가 밖에 멈춰 서 있네. 계단을 내려가지 않고 있어. 생각을 바꾸는 걸까? 그는 지금…….

편지함으로 편지가 떨어진다. 그러자 계단을 내려가 떠나는 크로그스타의 발자국 소리가 들린다. 꾹 참았던 비명을 지르면서 노라가 거실을 가로질러 소파 옆 테이블까지 달려간다. 잠시 침묵한다.

노라   편지함에 있구나. (겁먹은 자세로 현관문 앞으로 살금살금 걸어간다) 편지가 저기 있어. 토르발, 이제 우리는 가망이 없어요!

린데 부인   (무도회 복장을 들고 왼쪽 방에서 나온다) 자, 더 이상 수선할 데가 없는 거 같아. 한번 이 옷을 입어볼까?

노라	(목이 잠겨 낮은 소리로) 크리스티네, 이리 와.
린데 부인	(그 복장을 소파 위에 던진다) 어디 아프니? 너 완전히 제 정신이 아닌 것처럼 보이는데.
노라	이리 와. 저 편지 보이지? 저기, 편지함 유리를 통해서 봐.
린데 부인	그래, 그래, 편지가 보여.
노라	저 편지는 크로그스타의 편지야.
린데 부인	노라, 너에게 돈을 빌려준 사람이 크로그스타구나!
노라	그래. 그리고 이제 토르발이 모든 걸 알게 될 거야.
린데 부인	아, 노라, 내 말을 믿어. 그게 너희들 두 사람에게 최선이야.
노라	넌 아직 모든 걸 다 알고 있지 않아. 내가 서명을 위조했어.
린데 부인	저런!
노라	너한테 한 가지만 말할게, 크리스티네. 너는 내 증인이 되어야만 해.
린데 부인	어째서 증인이 되어야 한다는 거니? 내가 뭘 해야 하는데?
노라	만약에 내가 실성한다면, 그런데 그 일이 정말 쉽게 일어날 수도 있어.
린데 부인	노라!

노라	만약에 나에게 다른 일이라도 닥친다면. 내가 여기 있을 수 없을 정도로 말이야.
린데 부인	노라, 너 아주 정신 나갔구나!
노라	만약에 그러고 나서 한 사람이 모든 것을, 모든 책임을 뒤집어쓰려고 한다면, 넌 무슨 말인지 이해할 거야.
린데 부인	그래. 하지만 어떻게 네가 그런 생각을 할 수 있니?
노라	그러면 그게 사실이 아니라고 네게 증언해야 해. 난 결코 정신이 나가지 않았어. 난 아직도 온전한 이성을 갖고 있어. 그리고 너한테만 말하는 건데. 다른 사람은 그것을 알지 못했던 거야. 모든 걸 나 혼자 한 거야. 그걸 잊지 마.
린데 부인	반드시 그렇게. 하지만 난 전부 다 이해가 되지 않아.
노라	네가 그것을 어떻게 이해할 수 있는 건지! 이제 기적이 일어날 거야!
린데 부인	기적이라고?
노라	그래, 하지만 그것은 아주 무서운 거야, 크리스티네. 그 일은 일어나면 안 돼. 무슨 일이 있어도 결코 일어나서는 안 돼.
린데 부인	내가 당장 크로그스타에게 가서 이야기해 볼게.
노라	그 사람한테 가지 마! 너한테 해를 입힐지도 몰라!
린데 부인	한때 그 사람이 나를 위해 기꺼이 뭐든지 다했던 때

가 있었어.

노라   그 사람이?

린데 부인   그 사람 어디 살아?

노라   아, 잘은 모르지만, 그래. (주머니 안을 뒤진다) 여기
그 사람의 명함이 있어. 하지만 편지, 편지는!

헬메르   (자기 방에서 노크를 한다) 노라!

노라   (겁에 질려 비명을 지르며) 무슨 일이예요? 저한테
뭘 원하시지요?

헬메르   놀라지 마. 들어가지 않을 거야. 당신이 문을 잠갔어.
혹시 옷을 입어보는 중인가?

노라   네, 네. 옷을 입어보고 있어요. 그러면 난 예뻐 보일 거
예요, 토르발.

린데 부인   (명함을 읽어본 후) 그 사람은 바로 길모퉁이에 살아.

노라   그래, 하지만 그건 아무 소용도 없어. 이제 우리는 가
망이 없어. 그 편지가 우편함에 있거든.

린데 부인   그리고 네 남편이 열쇠를 갖고 있다고?

노라   그래, 항상 지녀.

린데 부인   크로그스타가 자기 편지를 읽지 말고 돌려달라고 요
구해야만 해. 그 사람이 한 가지 핑계를 찾아야만 해.

노라   하지만 토르발은 바로 이맘때면 습관적으로 돌보
는······.

114

린데 부인	네 남편을 붙잡고 있도록 해. 그 동안 네 남편한테 들어가 봐. 내가 금방 다시 올게.

현관을 통해 급히 나간다.

노라	(헬메르의 방문으로 가서 문을 연다) 토르발!
헬메르	(뒤쪽 방에서) 자, 마침내 자기 방으로 들어가도 되는 거야? 랑크, 이리와 봐. 우리 이제 한번 봐야지. (문간에 서서) 그런데 그게 뭐지?
노라	뭐가요? 토르발.
헬메르	랑크가 나에게 멋진 변장 장면에 마음의 준비를 하라고 그랬거든.
랑크	(문간에 서서) 나는 그렇게 이해했어. 하지만 나도 잘못 생각할 때가 있는 거야.
노라	내일에 되어야만 비로소 내 화려한 모습에 감탄할 수 있을 거예요.
헬메르	그런데, 노라, 당신은 몹시 지쳐 보이는 걸! 많이 연습했어?
노라	아뇨. 아직 전혀 연습을 못했어요.
헬메르	하지만 연습할 필요가 있을 텐데.
노라	그럼요, 연습을 꼭 해둘 필요가 있지요, 토르발. 하지

만 당신의 도움 없이 전 아무 것도 할 수 없어요. 저는 모든 걸 잊었어요.

헬메르 아, 당신은 신속히 다시 연습해야 할 거요.

노라 그래요, 토르발. 당신이 나를 돌봐줘야만 해요. 그러 겠다고 나한테 약속해줄래요? 아, 정말 걱정돼요. 아 주 큰 모임이잖아요. 오늘 저녁 당신은 완전히 나에 게만 전념해야만 해요. 일은 전혀 하지 말아요. 아무 것도 하면 안 돼요. 펜을 들어서도 안 돼요. 그럴 거지 요? 토르발, 안 그래요?

헬메르 그래, 약속하지. 오늘 저녁은 오직 당신 뜻에만 맡길 게. 가엾고, 대책 없는 사람 같으니라고! 하지만 잠깐! 우선 내가 해야 할 일이 있어. (현관문 앞으로 간다)

노라 밖에서 무엇을 하려고요?

헬메르 편지가 왔는지 보려고 그래.

노라 안 돼요, 안 돼요. 그러지 마세요, 토르발!

헬메르 그게 무슨 뜻이야?

노라 토르발, 제발 부탁이에요. 거기엔 아무것도 없어요.

헬메르 그래도 봐야겠어. (나가려고 한다)

　노라가 피아노 앞에서 타란텔라의 첫 소절을 친다.

헬메르 (문 앞에 멈춰 선다) 아하!

노라 제가 내일 춤을 춰야 한다면, 그전에 당신하고 연습을 하지 않으면 안 돼요.

헬메르 (노라에게 걸어간다) 노라, 당신 정말로 그렇게 걱정 돼?

노라 네, 정말 걱정돼요. 이제 곧 연습해요. 식사 전에 아직 시간이 있어요. 피아노 앞에 앉아서 반주해주세요, 토르발. 평소처럼 잘못된 부분을 고쳐주고 지도해줘요.

헬메르 당신이 원한다면, 좋아, 기꺼이 그러지. (피아노 앞에 앉는다)

노라 (탬버린을 상자에서 꺼내고 다채로운 색의 긴 숄 또한 꺼내어 급히 몸에 두른다. 이어서 노라는 한달음에 앞쪽으로 뛰어와 외친다) 연주해 봐요! 이제 춤을 줄 거예요. (헬메르가 반주하고 노라는 춤춘다. 랑크 박사는 헬메르 뒤쪽 피아노 옆에 서서 바라본다)

헬메르 (연주한다) 좀 더 천천히, 좀 더 천천히 해.

노라 어쩔 수가 없어요.

헬메르 그렇게 격렬하게 춤추지 마, 노라.

노라 이렇게 하는 게 맞아요.

헬메르 (연주를 중단한다) 아니야, 아니야, 결코 이렇게 하면 안 돼.

노라   (웃으며 탬버린을 흔든다) 이렇게 하는 거라고 당신
          한테 말하지 않았나요?

랑크   내가 춤곡을 연주할게.

헬메르   (일어선다) 그래, 그렇게 해. 그러면 내가 더 편하게
          노라를 지도할 수 있어.

   랑크는 피아노 앞에 앉아 연주한다. 노라는 더 흥분하여 춤춘
다. 헬메르는 난로 옆에 서서 노라가 춤추는 동안 고쳐야 할 사항
을 줄곧 주의시킨다. 노라는 그 말을 듣지 않는 것 같다. 그녀의
머리카락이 풀어져 양 어깨로 흘러내린다. 노라는 그것에 괘념
치 않고, 계속해서 춤춘다. 린데 부인이 들어온다.

린데 부인 (화석처럼 멍하니 문 앞에 서서) 아!

노라   (춤을 추면서) 여긴 아주 재미있어, 크리스티네.

헬메르   하지만 사랑하는 노라, 당신은 마치 목숨을 건 듯이
          춤추고 있어.

노라   이 춤도 이렇게 하는 거예요.

헬메르   랑크, 멈춰. 이건 순전히 정신 나간 짓이야. 멈추라고
          말하잖아! (랑크가 반주를 중단하고 노라도 갑자기
          멈춘다. 헬메르가 그녀에게 간다) 나라면 그런 춤으
          로 결코 연회가 가능하리라고 여기지 않았을 거야. 당

신은 내가 가르쳐준 것을 정말 다 잊었군.

노라   (탬버린을 내던진다) 당신 자신이 알잖아요.

헬메르   자, 여긴 정말 아직 교습이 필요해

노라   얼마나 교습이 필요한지 이제 당신도 알 거예요. 당신이 마지막 순간까지 나하고 또 연습해야만 해요. 그러겠다고 약속해주겠어요, 토르발?

헬메르   그럴 거라고 믿어.

노라   당신은 오늘과 내일 동안 나 이외에 아무도 생각하면 안 돼요. 당신은 편지를 개봉하면 안 되고, 우편함도 열면 안 돼요.

헬메르   아하, 아직도 여전히 그 사람이 무섭다는 거군.

노라   네, 그것도 그래요!

헬메르   노라, 당신을 보면 벌써 그 사람이 보낸 편지가 그 안에 있다는 걸 알 수 있어.

노라   나는 몰라요. 그런데 온 거 같아요. 하지만 당신은 지금 그런 것을 읽으면 안 돼요. 모든 일이 지나가기 전에 우리들 사이에 불쾌한 일이 발생하면 안 돼요.

랑크   (낮은 목소리로 헬메르에게) 부인의 의견에 반대하지 말게.

헬메르   (한 팔로 그녀를 안는다) 아이, 소망대로 해주지. 하지만 내일 저녁, 당신이 춤을 추고나면…….

노라	그러고 나면 당신은 자유로워질 거예요.
하녀	(오른쪽 문 앞에서) 마님, 식사가 준비되었습니다.
노라	샴페인을 가져와, 헬레네.
하녀	잘 알겠습니다. 마님.
헬메르	저런, 그러니까 큰 잔치라도 하자는 건가?
노라	밝은 아침이 올 때까지 샴페인 잔치를 하자고요. (밖으로 대고 외친다) 그리고 마카롱도 가져와, 헬레네, 많이. 이 잔치는 단 한번뿐이야.
헬메르	(노라의 두 손을 잡는다) 자, 이렇게 안달하면서 흥분하지 마! 이제 다시 평소대로 내 사랑스럽고 귀여운 종달새가 돼 봐.
노라	아, 네. 나도 그럴게요. 하지만 일단 안으로 들어가요. 랑크 박사님도요. 크리스티네, 나한테 머리장식을 다시 꽂아주겠어?
랑크	(노라와 린데 부인이 일어나는 사이에) 아무 일도 없겠지, 도중에 뭔가 일어나지 않겠지? 저기서 모종의 일이, 도중에 어떤 일이 일어나는 거 아냐?
헬메르	그런 추측하지 말게, 친애하는 친구, 그건 내가 자네에게 이야기한 터무니없는 두려움일 뿐이네.

두 사람은 오른쪽으로 퇴장한다.

노라 지금이야!

린데 부인 떠났대. 시골로.

노라 너를 보고 그걸 알아챘어.

린데 부인 그 사람이 내일 저녁에 돌아온대. 내가 그에게 몇 줄 써서 남겼어.

노라 네가 그런 일을 하지 말았어야 했는데. 넌 아무것도 막지 말아야 해. 본래 기적을 기다리는 것은 더없는 즐거움이야.

린데 부인 넌 뭘 기다리는 거야?

노라 아, 넌 그것을 이해할 수가 없어. 저 사람들한테 들어가 봐. 나도 곧 따라갈게.

린데 부인이 식당으로 들어간다.

노라 (마음을 가라앉히려고 하는 듯 잠시 서 있다. 그런 다음 시계를 본다) 다섯 시. 자정까지는 일곱 시간 남았어. 그리고 내일 자정까지 또 스물네 시간 남았어. 그러면 타란텔라는 끝나는 거야. 스물네 시간 더하기 일곱 시간은? 살 시간이 아직 서른 한 시간 남아 있어.

헬메르 (오른 쪽 문간에서) 도대체 내 귀여운 종달새가 어디 있지?

노라   (양팔을 활짝 벌린 채 헬메르 쪽으로 다가간다) 종달
       새는 여기 있어요.

3막

같은 방. 의자가 딸린 소파용 탁자가 거실 한 가운데로 옮겨져 있다. 탁자 위에는 램프 불이 환하게 타오른다. 현관 쪽으로 난 문이 열려있다. 위층에서 음악 소리가 울린다. 린데 부인은 탁자 앞에 앉아 책장을 멍하니 넘긴다. 그녀는 책을 읽으려고 애쓰지만, 생각을 가다듬을 수 없는 것처럼 보인다. 그녀는 계단 문 방향으로 몇 번이나 긴장한 채 귀를 기울인다.

린데 부인 (손목시계를 본다) 아직도 안 오네. 지금이 절호의 기회인데. 그가 아무 일도 저지르지 말아야 할 텐데. (다시 귀를 기울인다) 아! 저기 왔구나. (그녀는 현관으로 걸어가 조심스럽게 바깥문을 연다. 계단에서 나지막한

발걸음소리가 들린다. 그녀가 속삭이듯 말한다) 들어오세요. 여기는 아무도 없어요.

크로그스타 (문간에서) 집에서 당신이 남긴 쪽지를 발견했소. 그게 대체 무슨 뜻이오?

린데 부인 급히 당신하고 얘기를 해야만 해요.

크로그스타 그래요? 그런데 그 이야기를 바로 여기 이 집에서 해야만 하오?

린데 부인 제 집에서 그 이야기를 하는 건 불가능 했어요. 내 거실에는 특별 입구가 없어요. 더 가까이 들어오세요. 완전히 우리 둘만 있어요. 하녀는 자고 있고, 헬메르 부부는 위층 무도회장에 있어요.

크로그스타 (거실로 들어온다) 아이고, 누가 그걸 생각이나 했겠소! 헬메르 부부가 오늘 저녁에 춤을 춘단 말이오? 정말이오?

린데 부인 네, 안될 이유가 없잖아요?

크로그스타 하긴 뭐, 안될 것도 없지.

린데 부인 크로그스타, 우리 서로 이야기해요.

크로그스타 우리 둘이 아직 서로 할 이야기가 있을까?

린데 부인 우리는 서로 할 이야기가 많아요.

크로그스타 난 한 번도 그런 생각을 하지 못했소.

린데 부인 당신은 나를 한 번도 제대로 이해하지 못했으니까요.

크로그스타 대체 그때 더 이해해야 했던 게 뭐요? 그거 케케묵은 이야기 아니었소? 어떤 무정한 여자가 자기에게 더 득이 되는 것이 나타나자 한 남자를 버리는 이야기잖소.

린데 부인 당신은 나를 그렇게 아주 무정하다고 여기는 거예요? 그리고 내가 깊이 생각하지도 않고 당신하고 헤어진 거라고 생각하세요?

크로그스타 그게 아니었소?

린데 부인 크로그스타, 당신 정말 그렇게 생각했어요?

크로그스타 그렇지 않았다면, 왜 당신은 도대체 그 당시에 이런 방법으로 나한테 편지를 썼던 거요?

린데 부인 어쩔 수가 없었어요. 내가 당신하고 관계를 끊었던 순간, 당신이 나한테 느꼈던 모든 감정을 당신 마음속에서 지워버리는 게 내 의무이기도 했어요.

크로그스타 (두 손을 꽉 쥔다) 그러니까 그것 때문이었군! 단지 돈 때문에.

린데 부인 내게는 의지할 데 없는 어머니와 어린 남동생이 둘이나 있었다는 것을 잊으시면 안돼요. 크로그스타 씨, 우리는 당신을 기다릴 수 없었어요. 그 당시 당신의 전망은 미덥지 못했어요.

크로그스타 그럴 수 있소. 하지만 그 어떤 다른 사람을 위해서 나를 포기할 권리가 당신한테는 없었소.

린데 부인 네, 모르겠어요. 내게 그럴 권리가 있었는지 난 가끔 스스로에게 물어봤어요.

크로그스타 (낮은 목소리로) 내가 당신을 잃었을 때, 내 견고한 지위가 흔들리는 것 같았소. 이제 나를 보시오. 난 지금 난파선에 남아 있는 조난자요.

린데 부인 구조의 손길이 어쩌면 가까이 있을 거예요.

크로그스타 구조의 손길이 가까이 왔었소. 하지만 그때 당신이 와서 방해했소.

린데 부인 고의가 아니었어요, 크로그스타. 내가 은행에서 당신 자리를 대신할 거라는 소식을 오늘에야 들었어요.

크로그스타 당신이 그것을 말해주니 당신을 믿겠소. 그렇다면 당신이 그 사실을 알고 있다니까 말하는데, 자리에서 물러나겠소?

린데 부인 아니오. 내가 그런다고 해서 당신은 조금이라도 이득을 얻지는 못할 거예요.

크로그스타 쳇! 이득, 이득이라. 그럼에도 불구하고 난 그 일을 할 거요.

린데 부인 나는 분별 있게 행동해야 하는 법을 배웠어요. 삶과 가혹하고 쓰라린 가난이 내게 그것을 가르쳐주었어요.

크로그스타 그리고 삶은 상투적인 말을 믿지 말라고 내게 가르쳐주었소.

린데 부인 그러면 삶이 당신한테 아주 분별 있는 것을 가르쳤군
　　　　　요. 하지만 당신의 행동을 믿으세요?

크로그스타 그게 무슨 뜻이오?

린데 부인 당신은 난파선에 남아 있는 조난자 같은 상태에 처해
　　　　　있는 거라고 말했어요.

크로그스타 그렇게 말할 만한 충분한 이유가 있었소.

린데 부인 나도 난파선에 남아 있는 조난자같이 여기 앉아 있
　　　　　어요. 내가 걱정하고 돌봐줄 수 있는 사람이 전혀 없
　　　　　어요.

크로그스타 그것은 당신 자신의 선택이었소.

린데 부인 당시에는 내게 다른 선택의 여지가 없었어요.

크로그스타 자, 그 다음은 어떻게 됐소?

린데 부인 크로그스타, 조난당한 우리 둘이 이제 서로에게 올 수
　　　　　있다면.

크로그스타 지금 무슨 말을 하는 거요?

린데 부인 하나의 난파선에 탄 두 사람이 각자 자신의 난파선에
　　　　　혼자 있는 것보다는 훨씬 나아요.

크로그스타 크리스티네!

린데 부인 나를 이 도시로 데리고 온 게 무엇이라고 생각해요?

크로그스타 설마 나에 대한 생각이 그런 거요?

린데 부인 현재의 삶을 견디어내려면, 난 반드시 일을 해야만 해

요. 돌이켜 생각해볼 수 있는 한, 평생토록 난 일을 해 왔어요. 그리고 그렇게 일한 것이 나의 가장 아름답고, 유일한 기쁨이었어요. 하지만 이제 난 세상에서 완전히 혼자이고, 무섭도록 공허한 심정이고 쓸쓸해요. 자기 자신만을 위해서 일해야만 한다는 것은 기쁨이 아니에요. 크로그스타, 내게 누군가가 되어주세요, 내가 뭔가를 위해서 일할 수 있게, 내게 그 무엇이 되어 해주세요.

크로그스타 난 그 말을 믿을 수 없어요. 이것은 자기 자신을 희생하고 싶어 하는 지나치게 흥분한 어떤 여자의 용감한 행동이요. 그 이상은 아무런 말도 하지 마시오!

린데 부인 내가 지나치게 흥분한 것을 본 적이 있나요?

크로그스타 당신은 정말로 그렇게 할 수 있소? 말해 봐요. 당신은 내 과거도 완전히 알고 있소?

린데 부인 네.

크로그스타 그리고 내가 여기서 무엇으로 여겨지고 있는지도 아시오?

린데 부인 방금 당신의 말은 당신이 나하고 함께 하면 다른 사람이 될 수도 있을 거라고 확신하는 것처럼 들리네요.

크로그스타 확실히 그렇소.

린데 부인 지금이라도 그 일이 일어날 수 있지 않을까요?

크로그스타 크리스티네, 깊이 생각하고 말하는 거요? 그래, 해봤 군. 당신을 보니 그런 줄 알겠소. 그러니까 정말로 당 신에게 그런 용기가 있는 거요?

린데 부인 내가 엄마가 되어 줄 수 있는 누군가가 필요해요. 그 리고 당신의 자식들은 엄마가 필요해요. 우리 두 사람 은 서로 필요하다고요. 크로그스타, 난 당신의 마음속 에 있는 진정한 성품을 믿어요. 당신과 함께 난 무엇 이든 다 감행할 거예요.

크로그스타 (그녀의 두 손을 잡는다) 고맙소, 고마워, 크리스티네! 이제 나는 다른 사람들이 보는 앞에서 다시 명예를 회 복하는 방법을 알게 될 거요. 아, 내가 잊었군.

린데 부인 (귀를 기울인다) 쉿! 타란텔라 춤곡이에요! 가세요! 가 세요!

크로그스타 어째서? 도대체 무슨 일이오?

린데 부인 저 위층에서 춤추는 소리 들리죠? 저 춤이 끝나면, 우 리는 그들이 돌아온다는 걸 예상할 수 있죠.

크로그스타 알겠소! 난 가겠소. 모든 게 허사군. 내가 헬메르 부부 에게 어떤 조치를 꾀했는지 당신은 당연히 모를 거요.

린데 부인 아니오, 크로그스타. 알아요.

크로그스타 그럼에도 불구하고 당신에게 용기가 있소?

린데 부인 절망감이 당신 같은 남자를 어디로 몰아넣을 수 있는지 난 잘 알아요.

크로그스타 아, 내가 그 일을 원상태로 되돌릴 수만 있다면!

린데 부인 당신은 분명 그것을 할 수 있어요. 당신의 편지가 아직 편지함에 있으니까요.

크로그스타 그걸 확실히 알고 있소?

린데 부인 틀림없어요. 하지만…….

크로그스타 (그녀를 유심히 바라본다) 이제 그렇게 이해해야 하는 걸까? 당신은 어떤 대가를 치르더라도 당신의 친구를 구하고 싶을 거요. 솔직히 말해보시오. 그렇소?

린데 부인 크로그스타, 한번 다른 사람을 위해서 자신을 판 사람은 두 번 다시는 그렇게 행동하지 않아요.

크로그스타 내 편지를 돌려달라고 요구하겠소.

린데 부인 정말인가요?

크로그스타 그럼 당연하지. 헬메르가 내려올 때까지 난 여기서 기다릴 거요. 내 편지를 돌려줘야만 한다고, 이 편지는 내 해고에 대한 내용만 다루고 있을 뿐이라고, 그가 그 편지를 읽어서는 안 된다고 그에게 말할 거요.

린데 부인 아니오, 크로그스타. 그 편지를 돌려달라고 요구해서는 안돼요.

크로그스타 하지만 내게 말해보시오. 단지 그 이유 때문에 나를 불러들였소?

린데 부인 네, 처음에 놀랐을 때는 그랬어요. 하지만 그 사이에 스물 네 시간이 흘렀는데, 그 동안 난 이 집에서 믿을 수 없는 일을 목격했어요. 헬메르가 이 모든 것을 알아야만 해요. 이 불행한 비밀이 명백히 밝혀져야만 해요. 이 비밀은 두 사람 사이에 터놓고 논의 되어야만 해요. 숨기고 핑계를 대어서는 일이 진척될 수 없어요!

크로그스타 좋소. 당신이 과감히 그렇게 한다면. 하지만 어떤 일이 있어도 난 한 가지를 행할 수 있소. 그리고 이 일은 당장 일어날 것이오.

린데 부인 (엿듣는다) 서둘러요! 가세요! 가세요! 춤이 끝났어요. 일각을 다투는 일이에요. 우리는 더 이상 일각의 여유도 없어요.

크로그스타 내가 아래에서 당신을 기다리고 있겠소.

린데 부인 네, 그렇게 해요. 당신이 나를 집까지 데려다 줘도 괜찮아요.

크로그스타 난 이렇게 말할 수 있을 정도로 행복했던 적이 없었소.

계단을 통해서 퇴장한다. 방들과 현관 사이에 있는 문은 열려 있다.

린데 부인 (대강 정리하고 외투와 모자를 정돈한다) 이렇게 상황이 전환될 줄이야! 그래, 이렇게 바뀌게 될 줄이야! 사람들이 생긴 거야. 난 그들을 위해서 일하고, 그들을 위해서 살 수 있어. 내가 행복과 편안함을 가져다 줘도 되는 집이 있어. 물론 꽉 움켜잡을 필요가 있지. 그들이 빨리 왔으면 좋겠는데. (귀를 기울인다) 아, 그들이 분명 왔어. 내 물건들이 어디 있나 보자! (모자와 외투를 집어 든다)

밖에서 헬메르와 노라의 목소리가 들린다. 열쇠가 자물쇠 통에서 돌아가고, 헬메르가 노라를 거의 강제로 현관 안으로 끌고 데리고 들어온다. 노라는 이탈리아 의상에 검은색 숄을 두르고 있다. 헬메르는 야회복을 입고 있고 단추를 풀어놓은 검은색 무도회 가면복을 그 위에 걸치고 있다.

노라   (아직도 문간에서) 싫어요, 싫어요. 집에 들어가지 않을 거예요! 난 다시 올라갈 거예요. 이렇게 일찍 내려오고 싶지 않아요.

헬메르   하지만 사랑하는 노라.

노라   아, 토르발, 당신한테 간절히 부탁해요. 진심으로 부탁해요. 한 시간 만 더요.

헬메르   단 일 분도 더 이상 안 돼, 귀여운 노라. 우리가 약속한

걸 알잖아! 자! 방으로 들어가. 여기 있으면 감기 걸려. (그녀가 저항하는데도 불구하고 헬메르가 그녀를 부드 럽게 방으로 데리고 들어온다)

린데 부인 안녕하세요.

노라 크리스티네!

헬메르 린데 부인, 이렇게 늦게까지 여기 계세요?

린데 부인 네, 죄송합니다. 노라가 이렇게 화려한 옷을 입고 있는 것을 보고 싶었습니다.

노라 지금까지 나를 기다렸어?

린데 부인 그래. 안타깝게도 늦게 왔어. 네가 이미 위층에 가 있 더라고. 그래도 널 보기 전에는 다시 돌아가고 싶진 않았어.

헬메르 (노라의 숄을 벗긴다) 예, 노라를 잘 보세요. 말하자면, 노라는 볼만한 가치가 있어요. 노라가 매력적이지 않 습니까, 린데 부인?

린데 부인 그럼요, 꼭 해야만 하는 말인 걸요.

헬메르   노라가 대단히 매력적이지 않습니까? 무도회에서도 그것에 대해서 오직 한 목소리로 동의했습니다. 하지 만 놀랍게도 노라는 고집스럽습니다. 상냥하고 귀여 운 사람이 말입니다. 어떻게 해야 좋겠습니까? 혹시 믿으신다면, 제가 노라를 데려오기 위해서 거의 폭력을 쓸 뻔했답니다.

노라   토르발, 당신이 나를 최소한 삼십 분도 허락하지 않을 걸 곧 후회할 거예요.

헬메르   말 좀 들어보십시오, 린데 부인. 노라는 타란텔라 춤을 췄어요. 대단한 성공을 거두었지요. 춤 연기는 어쩌면 아주 꾸밈없이 자연주의적이었지만, 성공할만했습니다. 그러니까 제 말은 엄밀히 해석하자면, 예술적인 요구와 일치한다기보다는 약간 지나치게 자연스러웠었다는 뜻입니다. 여하튼 중요한 것은 노라가 성공을, 대단한 성공을 거둔 겁니다. 그런 다음에도 제가 노라를 위층에 남겨두어야 했을까요? 어휴, 어림도 없지. 제가 매력적이고 귀여운 카프리 아가씨를 잡고서, 저의 고집이 세고 귀여운 카프리의 아가씨를 한 팔로 껴안고서 실제로 인사를 시켰습니다. 홀을 가로질러 신속하게 한 바퀴 돌아서, 사방에 대고 허리 굽혀 인사했습니다. 그런데 소설에서 말하는 것 같은 아름다운 모습은 사라졌습니다! 린데 부인, 퇴장은 항상 효과가 커야만 합니다. 하지만 제가 노라한테 그것을 이해시키는 건 가능하지 않네요. 휴, 여기는 덥군요! (무도회 가면복장을 벗어 의자 위로 던져놓고 자기의 서재 문을 연다) 이런? 여기는 아주 어둡네요! 아, 그래요, 당연

하지요. 실례합니다. (그가 서재로 들어가서 몇 개의 초
에 불을 붙인다)

노라   (신속히 속삭이며 숨 가쁘게) 자, 어떻게 됐어?

린데 부인 (낮은 목소리로) 그 사람한테 말했어.

노라   그래서?

린데 부인 노라, 넌 네 남편한테 모든 걸 이야기해야만 해!

노라   (맥없이) 그럴 줄 알았어.

린데 부인 크로그스타에 관해서 넌 아무 것도 염려하지 않아도
         돼. 그렇지만 넌 반드시 말해야만 해.

노라   난 말하지 않을 거야.

린데 부인 그러면 그 편지가 말해주잖아.

노라   고마워, 크리스티네. 내가 무엇을 해야만 하는지 이제
         알아. 쉿!

헬메르가 다시 들어온다.

헬메르   어때요, 린데부인, 노라에게 감탄하셨지요?

린데 부인 예. 그럼 이제 저는 작별인사를 드려야겠어요.

헬메르   무슨 말씀을, 벌써요? 저기 저 뜨개질 감이 부인의
         것입니까?

린데 부인 (그것을 집어 든다) 예, 감사합니다. 하마터면 그것을

잊을 뻔했어요.

헬메르   그럼, 부인께서는 뜨개질을 하시는군요?

린데 부인   물론이지요.

헬메르   그런데 말입니다. 수를 놓는 게 훨씬 더 나을 텐데요.

린데 부인   그래요? 그런데 왜 그렇지요?

헬메르   수놓는 게 훨씬 예뻐 보이니까요. 좀 보십시오. 자수를
            왼손으로 잡고, 이렇게요. 그리고 오른손으로 바늘을
            들어 부드럽고, 길게 짠 곡선으로요. 그렇지요?

린데 부인   예, 분명 그럴 수 있어요.

헬메르   반면에 뜨개질은, 그건 아름다울 수 없습니다. 이쪽을
            보십시오. 양팔을 서로 단단히 죄고 뜨개질바늘을 위
            아래로 움직이지요. 뜨개질은 그 자체가 중국적인 것
            입니다. 파티에서 우리들한테 내놓은 샴페인은 정말
            훌륭했습니다.

린데 부인   잘 자, 노라. 그리고 더 이상 고집부리지 마.

헬메르   말씀 잘하셨습니다. 린데 부인.

린데 부인   안녕히 주무세요, 은행장님!

헬메르가 그녀를 문까지 배웅한다.

헬메르   안녕히 가십시오, 안녕히 가십시오. 부인께서 집에 안

녕히 가시길 바랍니다. 기꺼이 모셔다 드리고 싶습니다. 하지만 멀리 가실 필요가 없는 거리입니다. 안녕히 가십시오, 안녕히 가십시오. (린데 부인이 나간다. 헬메르가 문을 닫고 돌아온다) 자, 마침내 우리가 그 여자한테서 벗어났군. 끔찍하게도 지겨운 사람이야!

노라   몹시 피곤하지 않아요, 토르발?

헬메르   아니, 조금도.

노라   졸리지도 않아요?

헬메르   전혀 안 졸려. 그 반대야. 이상하게 상쾌한 기분이 들어. 그런데 당신은? 당신은 물론 피곤하고 졸린 것 같은데.

노라   네, 난 몹시 피곤해요. 금방 자러 갈 거예요.

헬메르   그것 봐! 우리가 거기 더 오래 머무르지 말자고 한 내가 옳았어.

노라   아하, 당신이 하는 것은 모두 옳아요.

헬메르   (그녀의 이마에 키스한다) 이제 내 종달새가 분별 있는 사람처럼 말하네. 말 좀 해봐, 랑크가 오늘 저녁 얼마나 즐거워했는지 알았어?

노라   그래요? 그분이 그랬어요? 난 그분하고 전혀 말하지 못했어요.

헬메르   나도 거의 말 못했어. 하지만 난 랑크가 그렇게 기분 좋아하는 걸 이미 오랫동안 본 적이 없어. (노라를 잠깐 바라본다. 그러더니 그녀에게 더 가까이 다가간다) 음, 다시 집으로 와서 당신하고 단 둘이 있으니 참 좋군. 오, 당신은 매혹적이고 매력적인 여자야!

노라   나를 그렇게 보지 말아요, 토르발!

헬메르   나의 가장 소중한 재산을 보지 말라고? 나에게 속한, 오직 내 것인, 전부 내 독점인 모든 아름다움인데.

노라   (탁자의 다른 쪽 앞으로 걸어간다) 오늘 저녁은 나한테 그렇게 말하면 안돼요.

헬메르   (그녀를 따라간다) 당신의 피 속에 아직 타란텔라 춤이 남아있는 걸 알아챘어. 그리고 그것이 당신을 더욱 매혹적으로 만들고 있어. 쉿! 이제 손님들이 떠나는군. (목소리를 더 낮추어) 노라, 곧 온 집안이 조용해질 거야.

노라   네, 그랬으면 좋겠어요.

헬메르   나의 유일한 사랑 노라, 그렇지? 아, 내가 당신하고 모임에 같이 있을 때, 왜 내가 당신하고 많은 이야기를 하지 않는지 알아? 왜 당신하고 멀리 떨어져 있는지, 당신을 가끔 슬금슬금 쳐다 보는지 알아? 내가 왜 그렇게 하는지 알아? 왜냐하면 당신이 감춰둔 내 애인이고, 내 은밀한 젊은 약혼녀이고, 우리 둘 사이에 비밀이 있다는 걸 아무도 알아채지 못한다고 내가 상상하기 때문이야.

노라 네, 당신의 모든 생각은 나에게만 몰두하고 있다는 걸 난 알아요.

헬메르 그리고 우리가 집으로 갈 때, 내가 당신의 부드럽고 새파랗게 젊은 양 어깨에, 이 아름다운 목에 숄을 두르려고 하면, 당신이 내 어린 신부라고 상상해. 우리가 결혼식을 마치고 교회에서 바로 나온다고 상상하지. 내가 당신을 처음으로 내 집에 데려간다고 상상하고, 내가 처음으로 당신하고 단 둘이 있다고, 완전히 당신하고 같이 있다고 상상해. 당신의 젊고, 떨리는 아름다움을! 오늘 저녁 내내 오직 당신만이 나의 그리움이었어. 그렇게 매혹적이고 멋지게 타란텔라 춤을 추고 있는 당신을 보았을 때, 내 피는 끓어올랐어. 난 그것을 더 이상 참을 수가 없었어. 그렇기 때문에 당신을 이렇게 일찍 집으로 데려온 거야.

노라 이제 가세요, 토르발. 저를 가만히 내버려두세요. 난 모든 게 다 싫어요.

헬메르 그게 도대체 무슨 뜻이오? 당신이 나를 희롱하는 거 맞지? 노라. 싫다고? 내가 당신 남편 아니야?

계단 문에서 노크소리가 들린다.

노라   (움찔한다) 당신도 들려요?

헬메르   (현관으로 가면서) 누구세요?

랑크   (밖에서) 나야. 잠깐 들어가도 될까?

헬메르   (작은 목소리로 언짢아하며) 저 사람이 도대체 지금 무
           엇을 하려는 거지? (큰 소리로) 잠깐만 기다려. (현관
           으로 가서 문을 연다) 이런, 자네가 우리 집 앞을 그냥
           지나치지 않다니 정말 고맙네.

랑크   자네 목소리가 들린 것 같았네. 그래서 잠깐 들어가
           보고 싶었네. (신속하게 눈을 두리번거린다) 아 그래,
           이 사랑스럽고, 아늑한 집, 자네들은 깔끔하고 쾌적한
           집을 소유하고 있어. 자네들 두 사람 말일세.

헬메르   자네도 윗집에서 분명 편안하게 즐겼잖은가.

랑크   대단히 편하게 즐겼지. 그러지 않을 이유가 무엇이겠
           는가? 무엇 때문에 이 세상에서 모든 것을 즐기지 않
           겠는가? 적어도, 할 수 있는 한 많이, 할 수 있는 한 오
           랫동안 말일세. 와인이 아주 훌륭했네.

헬메르   특히 샴페인이 훌륭했지.

랑크   자네도 그렇게 생각했나? 내가 그렇게 많이 마실 수
           있었다니 믿을 수 없네!

노라	토르발도 오늘 저녁에 샴페인을 많이 마셨어요.
랑크	그랬나요?
노라	네, 그리고 술을 마시고 나면 저이는 늘 기분이 아주 좋아요.
랑크	도대체 왜 잘 보낸 하루 끝에 즐거운 저녁을 보내면 안 되는가?
헬메르	잘 보낸 하루! 난 유감스럽게도 그렇게 보냈다고 자랑하지 말아야 하네.
랑크	(그의 어깨를 친다) 하지만 이보게, 난 그래도 되네.
노라	박사님, 오늘 분명 과학적인 연구를 실행하셨군요?
랑크	물론입니다.
헬메르	저런, 우리 귀여운 노라가 과학적 연구에 대해서 말하는군!
노라	그러면 박사님의 연구 결과를 축하해도 될까요?
랑크	안심하시고 그러셔도 됩니다.
노라	그러니까 결과가 좋았지요?
랑크	의사를 위해서도 환자를 위해서도 최선의 결과였습니다. 확실합니다.
노라	(재빨리 살피면서) 확실하다고요?
랑크	완전히 확실합니다. 그에 따라서 제가 즐거운 저녁을 지낼 만하지 않았겠습니까?

노라	네, 제대로 즐기신 거예요, 박사님.
헬메르	내 말도 그렇다네. 자네가 내일 그 대가를 지불할 필요가 없다면 말일세.
랑크	자, 세상에 공짜가 어디 있나.
노라	박사님, 가장 무도회는 박사님에게 분명 큰 즐거움을 주지요?
랑크	예, 아주 우스꽝스러운 가면을 쓴 사람들이 거기 있다면요.
노라	들어보세요, 다음 무도회에서 우리 둘은 무엇으로 가장할까요?
헬메르	귀여운 덜렁이, 당신은 지금 벌써 다음 번 무도회를 생각하는 거야?
랑크	우리 둘이요? 그것을 제가 말씀드릴께요. 부인은 행운아로 가장할 겁니다.
헬메르	그래, 하지만 그것을 나타낼 의상을 찾아내게.
랑크	자네 부인이 지금 세상에 있는 모습 그대로 가시게 하게.
헬메르	정말 말 참 잘했네. 하지만 자네 자신은 무슨 역으로 변장할 건지 분명히 알고 있나?
랑크	친애하는 친구, 그것에 대하여 난 확실히 완비되어 있네.

헬메르	그래, 그 다음은?
랑크	다음 무도회에서 나는 보이지 않는 사람이 될 걸세.
헬메르	우스꽝스러운 착상이군.
랑크	커다란 검정색 모자가 있어. 자네는 마법의 모자에 대해서 들어본 적이 없는가? 그것을 쓰면 아무에게도 보이지 않게 된다고.
헬메르	(웃음을 꾹 참으면서) 그래, 자네 말이 맞아!
랑크	하지만 내가 왜 왔는지 완전히 까먹었네. 헬메르, 시거 한 대 주게나. 자네의 검은 하바나로 말일세.
헬메르	기꺼이 그러지. (그에게 자기의 시가 케이스를 건넨다)
랑크	(한 개를 집어 들고 그 끝은 잘라낸다) 고맙네!
노라	(성냥을 그으며) 박사님께 담뱃불을 붙여드리겠어요.
랑크	감사합니다. (노라가 성냥을 내민다. 랑크가 시가에 불을 붙인다) 그럼 이제 안녕.
헬메르	친애하는 친구, 잘 가게!
노라	안녕히 주무세요, 박사님!
랑크	이렇게 기원해주셔서 고맙습니다.
노라	저에게도 똑같은 말을 기원해주세요.
랑크	부인께요? 글쎄요, 부인께서 원하신다면. 안녕히 주무세요. 그리고 불을 빌려주셔서 감사했습니다. (그가 두 사람에게 고개를 끄덕이고는 간다)

헬메르 (낮은 목소리로) 저 친구 심하게 마셨군.

노라 (얼빠진 듯이) 그럴지도 모르죠. (헬메르가 주머니에서 열쇠 꾸러미를 꺼내어 들고는 현관으로 간다) 토르발, 거기서 뭐 하려요?

헬메르 우편함을 비우지 않으면 안 되겠어. 우편함이 완전히 가득 찼어. 그렇지 않으면 내일 아침 신문을 넣을 공간이 없어.

노라 당신은 오늘 밤에 또 일할 거예요?

헬메르 아니, 당신은 그걸 잘 알잖아. 이게 뭐지? 누가 자물쇠를 열려고 했어.

노라 자물쇠를요?

헬메르 틀림없다니까. 이게 무슨 의미일까? 하녀가 그랬을 리가 없는데? 여기에 부러진 머리핀이 있어. 노라, 이거 당신 건데.

노라 (재빨리) 그렇다면 아이들이 분명 그랬을 거예요.

헬메르 당신이 애들한테 반드시 그런 버릇을 고쳐줘야만 해. 음. 자, 이제 열었어. (내용물을 꺼내어 들고 부엌에 대고 크게 외친다) 헬레네! 헬레네, 현관에 있는 등을 꺼. (다시 거실로 들어서서 현관문을 닫고 편지를 손에 든다) 이것 봐, 이것 봐, 얼마나 많이 쌓였는지 말이야. (편지 뭉치들을 넘긴다) 이게 뭐지?

노라	(창가에서) 그 편지! 아, 안 돼요. 안 돼요, 토르발!
헬메르	명함 두 장인데, 랑크의 명함이야.
노라	랑크 박사님 거요?
헬메르	(명함을 본다) 의학박사 랑크. 이 명함들이 맨 위에 있어. 랑크가 집에 가면서 이 명함을 넣어둔 게 틀림없어.
노라	그 위에 뭐라고 씌어있나요?
헬메르	이름 위에 검은색 십자가가 그려져 있어. 이거 좀 봐. 이건 섬뜩한 착상이야! 마치 랑크가 자신의 죽음을 알리는 것 같은데.
노라	그분도 사실 그렇게 한 거예요.
헬메르	뭐라고? 뭐 좀 아는 거 있어? 그 사람이 당신한테 뭔가 말했어?
노라	네. 이런 명함을 받으면 그분이 우리에게 작별을 고하는 거라고 말했어요. 그분은 꼼짝하지 않고 틀어박혀서 죽을 거라고 했어요.
헬메르	불쌍한 친구! 내가 그 친구를 더 이상 곁에 두지 못할 날이 언젠가 오리라는 걸 잘 알고 있었어. 하지만 이렇게 빨리 올 줄이야. 그리고 이제는 상처 입은 짐승처럼 숨어버리다니.
노라	꼭 그래야 한다면 차라리 아무 말 없이 그 일이 일어나는 게 제일 좋아요. 토르발, 안 그래요?

헬메르 (왔다 갔다 하면서) 그 친구는 우리하고 아주 친밀했는데. 나는 그 친구가 없는 우리의 생활을 생각해볼 수가 없어. 그 친구는 자신의 고통과 고독으로 말하자면 우리의 찬란한 행복을 위해서 구름 낀 배경을 이루어주었어. 글쎄, 어쩌면 그렇게 하는 게 최선일지도 모르지. 적어도 그를 위해서라면. (멈춰 선다) 그리고 마지막으로 우리들을 위해서도. 이제 우리 두 사람은 서로만을 의지할 뿐이야. (노라를 껴안는다) 오, 내 사랑하는 아내. 내가 당신을 충분히 꽉 붙잡을 수 없을 것 같은 느낌이 들어. 정말이지, 노라. 때때로 난 당신한테 직접적인 위험이 닥쳤으면 하고 바래, 그래서 내가 재산과 생명, 그리고 모든 것을, 당신을 위해 모든 것을 걸 수 있게 말이오.

노라 (몸을 빼내고 단호하고 결의에 차 말한다) 이제 당신은 편지들을 읽어야죠, 토르발!

헬메르 아니야, 아니야, 이젠 더 이상 읽지 않을 거야. 난 당신 곁에 있을 거야, 사랑스런 내 아내.

노라 당신 친구의 죽음을 생각하면서요?

헬메르 당신 말이 맞아. 그것은 우리 두 사람을 뒤흔들어놓았어. 우리들 사이에 추한 것이 끼어들었어. 죽음과 퇴락에 대한 생각 말이오. 우리는 그런 생각에서 벗어나도

록 모색해야만 해. 그때까지. 우리는 각자의 방으로 갑시다.

노라 (그의 목에 매달리면서) 토르발, 잘 자요!

헬메르 (노라의 이마에 키스한다) 잘 자, 나의 작은 새. 잘 자, 노라. 이제 난 편지들을 읽어볼 거야. (그는 편지들을 가지고 자기의 방으로 가서 문을 닫는다)

노라 (두리번거리는 눈초리로, 여기저기 더듬고, 헬메르의 가면복을 집어 급히 두르고 목이 잠긴 소리로 띄엄띄엄 재빨리 속삭인다) 그이를 절대로 다시 보지 못할 거야. 절대로, 절대로. (머리에 숄을 두른다) 그리고 아이들도 보지 못할 거야. 그 아이들도 못 볼 거야. 절대로, 절대로. 오! 얼음처럼 차갑고 검은 물. 오, 깊이를 알 수 없는 나락. 이 나락. 이것이 일단 지나가기만 하면 좋을 텐데. 이제 그이가 편지를 갖고 있어. 이제 그이가 그 편지를 읽고 있어. 안 돼, 안 돼, 아직 아니야! 토르발, 잘 살아요. 당신과 아이들!

노라가 현관을 통해 밖으로 뛰쳐나가려고 한다. 바로 그 순간 헬메르가 그의 방문을 활짝 열고 손에 편지를 펼쳐든 채 서 있다.

헬메르 노라!

노라	(큰 소리로 외친다) 아!
헬메르	이게 뭐야? 이 편지에 뭐라고 씌어 있는지 알아?
노라	네, 알아요. 저를 보내줘요! 저를 내보내주세요!
헬메르	(그녀를 제지한다) 어디로 가려고?
노라	(몸을 뿌리치려고 애쓴다) 토르발, 당신은 나를 구하면 안 돼요!
헬메르	(뒤로 비틀거린다) 그러니까 정말인가? 그가 쓴 말이 정말이야? 경악스러워. 아니야, 이건 사실일 리가 없어!
노라	사실이에요. 이 세상 그 누구보다도 난 당신을 사랑했어요!
헬메르	내게 어리석은 핑계대지 말아!
노라	(그에게 한 걸음 다가간다) 토르발!
헬메르	가련한 사람, 당신 도대체 무슨 짓을 한 거야?
노라	가게 해줘요! 당신이 나로 인해 벌을 받아서는 안돼요. 당신이 그 책임을 떠맡아서는 안 돼요.
헬메르	속이지 마. (현관문을 잠근다) 여기 있으면서 나에게 해명해봐. 당신이 저지른 일이 뭔지 알아? 대답해봐! 그것을 알고 있어?
노라	(헬메르를 눈여겨 바라보면서 굳어지는 표정을 지으며 말한다) 네, 이제 철저히 이해하기 시작했어요.

헬메르 (거실 안에서 이리저리 걷는다) 오, 얼마나 두려운 깨달음인가. 지난 팔 년 내내 내 즐거움이자 자랑이었던 당신이 위선자요, 거짓말쟁이라니. 더 나쁘고, 훨씬 더 나쁜 범죄자라니! 아, 그 속에 감춰진 깊이를 알 수 없는 추악함! 퉤, 퉤!

노라 (침묵하며 여전히 꼼짝 않고 그를 바라본다)

헬메르 (노라 앞에 멈춰 선다) 내가 이런 일을 미리 각오했어야만 했는데. 내가 이런 일을 예견했어야만 했는데. 당신 아버지의 경솔한 원칙들을. 입 다물어! 당신 아버지의 경솔한 원칙들을 당신이 유전으로 물려받았어. 종교도 없고, 도덕도 없고, 책임감도 없지. 오, 내가 그런 사람을 너그럽게 봐준 대가로 벌을 받다니. 당신을 위해서 그렇게 했던 거야. 그런데 당신이 나한테 이렇게 갚는군!

노라 그래요. 이렇게요.

헬메르 내 모든 행복을 당신이 파괴했어. 내 모든 미래를 당신이 수포로 돌아가게 했다고! 아, 그것을 생각만 해도 무서워. 나는 양심 없는 인간의 통제를 받고 있어. 그는 자기가 원하는 것을 나와 함께 할 수 있어. 내키는 대로 나에게 요구할 수 있고, 나를 지배할 수 있고, 자기 마음대로 나에게 명령할 수 있어. 난 감히 투덜

거려서는 안 돼. 그리고 난 경솔한 여자 때문에 아주 비참하게 가라앉고 침몰해야만 해!

노라   내가 세상에서 없어지면, 당신은 자유로워질 거예요.

헬메르   그런 장난 집어치워! 당신 아버지도 항상 그런 격언을 준비해 놓고 있었지. 당신이 말하듯이 만약 당신이 세상에서 사라진다면 내게 무슨 이익이 있겠어? 그것은 내게 조금도 유익하지 않을 것이오. 그렇더라도 그 자는 그 일을 알릴 수 있어. 그리고 그 자가 그런 일을 한다면, 내가 당신이 저지른 범죄행위를 잘 알고 있었다고 어쩌면 의심을 받게 될지도 모른다고. 내가 배후에 숨어 있었다고 어쩌면 믿을지도 몰라. 내가 당신을 그렇게 하도록 유혹했다고 말이야. 그리고 이 모든 것에 대해 난 당신에게 감사해야 해. 우리들의 결혼생활 동안 소중히 여기던 당신에게 말이야. 이제 당신이 내게 어떤 일을 저질렀는지 이해하겠어?

노라   (냉정하면서도 평온하게) 네.

헬메르   너무 믿을 수 없어서, 나는 여전히 이해할 수가 없어. 하지만 우리가 어떻게 거기서 벗어날 수 있는지 반드시 알아야만 해! 숄을 벗어! 벗으라고 말하잖아! 내가 그 남자를 어떤 방법으로든 진정시키려고 해야만 해. 어떠한 대가를 치르더라도 그 일을 감추어야만 해. 그리고 당신하고 나와 관계되는 문제 우리들 사이의 모든 일이 마치 지금까지와 똑같은 것처럼 보여야만 해. 하지만 물론 세상 사람들의 눈앞에서만 그렇다는 거야. 그러니까 예전같이 집에 머물러 있어야 해. 그것은 말할 것도 없지. 하지만 당신이 아이들을 양육하는 것을 난 허락하지 않을 거야. 나는 감히 아이들을 당신에게 맡기지 않을 거야. 오! 그것을 여자에게 말해주어야만 하다니, 내가 열렬히 사랑했던, 그리고 내가 아직도 사랑하는 여자에게! 자, 이것을 끝내야만 해. 오늘부터는 더 이상 행복이 문제가 아니야. 파편, 잔여물, 허상을 구제하는 것만이 필요할 뿐이야.

현관에서 초인종 소리가 울린다.

헬메르   (움찔 놀란다) 이게 뭐야? 이렇게 늦은 시간인데? 가장 놀랄만한 일이 일어나려나! 설마 그자가. 숨어, 노라! 당신은 아프다고 말해.

노라가 꼼짝하지 않고 서 있다. 헬메르가 가서 현관 쪽으로 난 문을 연다.

하녀   (옷을 반쯤 챙겨 입은 채로 현관에서) 마님 앞으로 온
편지입니다.

헬메르   이리 줘 봐요. (그 편지를 받고 문을 닫는다) 그래, 그
사람한테 온 거군. 당신은 그 편지를 받으면 안 돼. 내
가 이 편지를 읽을 거야.

노라   그럼 읽어요.

헬메르   (램프 앞에서) 난 그렇게 할 용기가 거의 없어. 어쩌면
당신과 나, 우리 두 사람이 절망할지도 몰라. 그렇지만
난 그것을 반드시 알아야만 해. (편지를 개봉하고, 몇
줄 대충 훑어 읽고, 동봉한 서류를 본다. 기쁨에 찬 외침
소리.) 노라!

노라   (그를 의심스럽게 바라본다)

헬메르   노라! 아니야! 내가 이것을 한 번 더 읽어야만 하겠어.
그래, 그래. 틀림없이 그래. 난 살았어. 노라, 난 살았어.

노라   그럼 나는요?

헬메르   당신도, 물론이지. 우리 두 사람은 살았어. 당신하고
나 말이야. 이거 좀 봐. 그자가 당신한테 차용증을 돌
려보냈어. 유감으로 여기고 후회하고 있다고 그자가
썼어. 그의 삶에 행복한 변화가 생겨서라고 썼어. 하지
만 그 사람이 쓴 것은 아무 상관이 없어. 우리는 살았
어, 노라! 그 누구도 당신에게 해를 끼칠 수 없어. 아!

노라. 하지만 먼저 여기 이 혐오스러운 것들을 없애버려야겠어. 한번 보자. (채무증서에 시선을 던진다) 아니야, 난 저것을 보지 않을 거야. 이 모든 사건이 나에게는 다름 아닌 악몽에 불과해. (채무증서와 두 통의 편지를 갈기갈기 찢어 난로 속에 던지고 그것이 불타는 것을 바라본다) 자, 이제 그것은 더 이상 존재하지 않아. 그자가 쓰기를, 당신이 크리스마스이브부터. 오, 당신에게는 끔찍한 사흘이었던 게 틀림없어, 노라!

노라 난 지난 사흘 동안 가혹한 싸움을 해왔어요.

헬메르 그리고 당신은 고통을 겪었고 다른 출구를 보지 못했지. 그렇지만 우리는 모두 지긋지긋한 일들을 감춰야해. 우리는 기쁨의 함성을 지르고 반복하자고. 이제 지나갔어, 이제 지나갔어! 그러니 내 말 들어봐, 노라. 당신은 모든 게 지나갔다는 걸 아직 이해하지 못하는 것 같아. 그런데 이게 뭐지, 이 경직된 표정은 뭐야? 아, 내 가련하고 귀여운 노라. 난 분명 알고 있어, 내가 당신을 용서했다는 걸 당신은 믿으려고 하지 않아. 하지만 난 당신을 용서했어. 노라, 당신에게 맹세해, 난 당신의 모든 것을 용서했어. 당신이 저지른 모든 것을 당신이 나에 대한 사랑에서 행했다는 걸 난 정말 알고 있어.

노라　　그건 사실이에요.

헬메르　당신은 아내가 마땅히 남편을 사랑해야 하듯이 나를 사랑했어. 당신에게는 수단을 판단하기 위해 필요한 통찰력이 부족했을 뿐이야. 하지만 당신은 자립적으로 행동하는 법을 모르기 때문에, 당신이 나에게 별로 소중하지 않다고 생각하는 거로군. 아니야, 그렇지 않아, 나만 의지해. 난 당신에게 조언해주는 사람이 될 것이고, 인도해주는 사람이 될 거야. 바로 이러한 여성스러운 무력함이 내 눈으로 보기에 당신을 두 배나 매력적으로 만들지 않는다면, 나는 분명 남편이 아닐 것이야. 모든 게 내 위로 무너져 내릴 게 틀림없다고 생각한 순간, 내가 처음으로 너무 놀라서 했던 심한 말에 신경 쓰지 마. 난 당신을 용서했어, 노라. 약속해, 당신을 용서했어.

노라　　용서해줘서 고마워요.

오른쪽 문으로 나간다.

헬메르　좀 더 있어보라고. (안을 들여다본다) 거기 골방에서 뭘 하려고 그래?

노라　　(안에서) 무도회복을 벗고 있어요.

헬메르 (열린 문 앞에서) 그렇게 해. 마음을 가라앉히도록 해
보고 마음의 안정을 되찾도록 해봐. 내 귀엽고, 겁에
질린 노래하는 작은 새! 마음 놓고 쉬어. 내 강한 날개
로 당신을 덮어줄게. (바싹 문가에서 서성거린다) 아,
우리 집이 얼마나 안락하고 쾌적한지, 노라. 이곳에서
당신은 안전해. 매의 무서운 발톱에서 간신히 구해낸
쫓기던 비둘기처럼 당신을 보호해줄게. 놀라서 두근
거리는 당신의 가여운 가슴을 분명 진정시켜줄 거야.
점차적으로 말이오. 노라. 내 말을 믿어. 내일이면 분
명 당신은 모든 것을 완전히 다른 눈으로 보게 될 거
야. 곧 모든 일이 다시 예전과 똑같아질 거야. 내가 당
신을 용서했다는 것을 더 이상 자주 반복할 필요가 없
게 될 거야. 내가 그렇게 했다는 것을 당신 스스로 틀
림없이 느끼게 될 거야. 어째서 내가 당신을 쫓아내거
나 당신을 비난만 할 거라는 생각을 하게 된 거지? 아,
노라. 당신은 진실한 남자의 마음을 몰라. 자기 아내를
용서해주었다고, 솔직하게 진심으로 용서했다고 자
각할 때 남자에게는 형언할 수 없이 사랑스럽고 만족
스러운 일이 되는 것이지. 그렇게 함으로써 아내는 확
실하게 두 배로 남자의 소유물이 된 것이지. 마치 남
자가 여자를 두 번째로 낳은 것처럼 말이야. 말하자면

여자는 남편의 아내이자 동시에 아이가 된 것이지. 어찌할 바를 모르고 무기력한 당신은 지금부터 나에게 마땅히 그런 존재가 되어야 해. 아무 것도 두려워하지 마, 노라. 나한테 그냥 솔직하기만 해, 그러면 내가 당신의 의지가 되고 당신의 양심이 되어줄게. 이게 뭐야? 잠자리에 들지 않을 거야? 옷을 갈아입었네.

노라 (평상복을 입은 채) 그래요, 토르발, 난 옷을 갈아입었어요.

헬메르 도대체 왜 그랬어? 지금 이렇게 시간이 늦었는데.

노라 이 밤, 나는 자지 않을 거예요.

헬메르 하지만, 사랑하는 노라.

노라 (자신의 손목시계를 본다) 아직 너무 늦지는 않았어요. 앉아 봐요, 토르발. 우리 두 사람은 서로 할 이야기가 많아요. (탁자의 한쪽으로 가서 앉는다)

헬메르 노라, 도대체 이게 무슨 뜻이야? 이 굳어진 표정하고.

노라 앉아요. 좀 오래 걸릴 거예요. 난 당신하고 많은 것에 대해 이야기해야만 해요.

헬메르 (그녀의 맞은 편 탁자 앞에 앉는다) 노라, 당신이 나에게 겁을 주는군. 그리고 난 당신을 이해하지 못하겠어.

노라 그럴 거예요, 문제는 바로 그거예요. 당신은 나를 이해하지 못해요. 그리고 나 역시 마찬가지로 당신을 이해하지 못했어요. 이 시간까지요. 부탁인데 내 말을 중단시키지 말아요. 그냥 내 말을 경청하기만 하세요. 이제 청산해야겠어요, 토르발.

헬메르 그게 무슨 뜻이야?

노라 (잠시 침묵했다가) 어떻게 우리가 여기 이렇게 앉아 있는지, 당신은 이상한 느낌이 전혀 안 들어요?

헬메르 도대체 뭐가?

노라 우리는 결혼한 지 팔 년이 되었어요. 우리가, 당신과 내가, 남편과 아내가 오늘 처음으로 진지한 이야기를 서로 나눈다는 게 당신은 이상하지 않아요?

헬메르 진지한 이야기, 그게 도대체 무슨 뜻이야?

노라 팔 년 내내 그리고 그보다 더 오래, 우리가 처음 알게 된 첫날부터 우리는 일에 대해서 진정어린 말을 나눈 적이 한 번도 없어요.

헬메르 당신이 나하고 나눌 수 없었던 불쾌한 일을 당신에게 알려주었어야 했다는 거야?

노라 나는 불쾌한 일에 대해서 말하는 게 아니에요. 무언가 곰곰이 생각하기 위해서 우리가 진지하게 나란히 앉아 본 적이 한 번도 없다는 사실을 난 말할 뿐이에요.

헬메르 그렇지만 사랑하는 노라, 그래봤자 당신한테 아무 소용이 없었을 텐데.

노라	그게 바로 핵심이에요. 당신은 나를 이해해준 적이 없어요. 토르발, 당신들은 나에게 나쁜 짓을 참 많이 했어요. 먼저 아빠가, 그리고 나서 당신이.
헬메르	뭐라고? 우리 두 사람이? 세상 무엇보다도 당신을 사랑한 우리 두 사람이 말이야?
노라	(머리를 흔든다) 당신들 두 사람은 나를 결코 사랑한 적이 없어요. 당신들은 나와 사랑에 빠지는 게 그냥 재미있었을 뿐이에요.
헬메르	아니, 노라, 그게 도대체 무슨 말이야?!
노라	네, 그건 사실이에요, 토르발. 내가 아빠 집에 살고 있었을 때, 아빠는 나에게 모든 의견을 털어놓으셨어요. 그래서 나도 아빠와 똑같은 의견을 갖고 있었어요. 그렇지만 내가 한 번 아빠와 의견이 다를 때는 난 그것을 숨겼어요. 아빠가 아셨다면 그것을 싫어하셨을 테니까요. 아빠는 나를 자신의 인형 아이라고 부르셨고, 내가 인형들을 갖고 놀듯이 나를 갖고 놀았어요. 그런 다음에 난 당신의 집으로 왔어요.
헬메르	우리의 결혼에 대해서 당신은 지금 어떤 종류의 표현을 쓰고 있는 거야?
노라	(동요하지 않고) 그런 다음에 내가 아빠의 손에서 당신의 손으로 넘어갔다는 말이에요. 당신은 모든 것을

당신의 취향대로 꾸몄어요. 그래서 나도 당신과 똑같은 취향을 갖게 되었어요. 그렇지만 난 그냥 그렇게 행동한 거예요. 난 더 이상 모르겠어요. 어쩌면 그건 두 가지이기도 했던 같아요. 때로는 이렇게 때로는 저렇게 했어요. 지금 생각해보면, 난 마치 거지처럼 근근이 입에 풀칠하며 여기서 살았던 것 같아요. 토르발, 나는 당신한테 재주를 보여주는 것으로 먹고 살았어요. 하지만 당신이 정말 그것을 원했던 거예요. 당신과 아빠, 당신들은 나에게 중대한 죄를 저질렀어요. 당신들은 내가 변변한 인물이 되지 못한 것은 당신들의 책임이에요.

헬메르 터무니없고 배은망덕한 거야, 노라! 당신은 여기서 행복하지 않았어?

노라 아니오. 난 한 번도 행복한 적이 없었어요. 난 행복하다고 생각했어요. 그렇지만 난 결코 행복하지 않았어요.

헬메르 아니라고, 행복하지 않았다고?

노라 그래요, 재미있었을 뿐이에요. 그리고 당신은 항상 나에게 친절했어요. 하지만 우리 집은 놀이방 이외에 아무것도 아니었어요. 여기서 난 인형 아내였어요. 내가 아빠의 집에서 인형 아이였던 것처럼 말이에요. 그리고 아이들은 다시금 내 인형들이었어요. 당신이 나를 택해서 나를 가지고 놀면, 난 그게 바로 아주 재미있었어요. 내가 아이들을 선택해서 아이들을 데리고 놀면, 아이들이 재미있어 하던 것처럼 말이에요. 토르발, 그게 우리의 결혼이었어요.

헬메르 당신의 말은 어느 정도 사실이야. 비록 당신의 말이 지나치게 과장되고 터무니없기도 하더라도 말이야. 하지만 이제부터 사정이 달라질 거야. 놀이의 날들은 이제 끝났고, 이제 교육할 시간이 되었어.

노라 무슨 교육이요? 나의 교육인가요 아니면 아이들의 교육인가요?

헬메르 당신의 교육이기도 하고 또 아이들의 교육이기도 하지, 내 사랑하는 노라.

노라 아, 토르발. 나를 당신에게 어울리는 아내가 되도록 교육할 사람은 당신이 아니에요.

헬메르 무슨 말을 하는 거야?

노라 그리고 내가, 내가 어떻게 아이들을 양육할 임무를 떠맡을 준비가 되어있겠어요?

헬메르 노라!

노라 당신이 이러한 임무를 나에게 맡겨서는 안 된다고 조금 전에 말하지 않았나요?

헬메르	그거야 흥분한 순간에 한 말이지! 어째서 그런 말에 신경을 쓸 수 있지?
노라	그렇군요. 당신의 말이 전적으로 옳아요. 나는 그 임무에는 역량이 미치지 못해요. 내가 미리 해결하지 않으면 안 되는 다른 임무가 있어요. 나는 나 자신을 교육시키려고 노력해야만 해요. 그리고 당신은 내가 교육하는 걸 도와줄 남자가 못돼요. 나 혼자 그 일을 실행해야만 해요. 그래서 난 지금 당신을 떠나는 거예요.
헬메르	(벌떡 일어난다) 지금 무슨 말을 하는 거야?
노라	내가 나 자신과 외부세계에 적응하려면, 난 완전히 홀로 서야만 해요! 그렇기 때문에 나는 당신 곁에 더 오래 머무를 수가 없어요.
헬메르	노라! 노라!
노라	난 당장 당신을 떠날 거예요. 크리스티네가 나를 하룻밤 받아주겠지요.
헬메르	당신 미쳤어! 당신이 떠나면 안 돼! 당신이 그렇게 하는 걸 내가 금지하겠어!
노라	나한테 뭔가 금지해봐야 이제부터 아무 쓸모가 없어요. 내 물건을 가지고 가겠어요. 당신 것은 아무 것도 받지 않을 거예요. 오늘도, 나중에도 안 받을 거예요.
헬메르	정신 나간 짓이야!

노라	내일 집으로 갈 거예요. 나의 옛 고향으로 말이에요. 뭐라도 시작하기에는 거기가 내게 가장 쉬울 걸요.
헬메르	아, 눈멀고, 경험 없는 인간!
노라	경험을 쌓으려고 난 노력해야만 해요, 토르발.
헬메르	당신의 가사, 당신의 남편 그리고 당신의 자식들을 떠나다니! 대체 사람들이 뭐라고 말할지 생각해봐!
노라	그것까지 다 고려할 수는 없어요. 이게 나를 위해 필요하다는 사실만 알고 있을 뿐이에요.
헬메르	오, 이건 괘씸한 일이야. 당신의 가장 신성한 의무를 이렇게 회피해?
노라	나의 가장 신성한 의무가 뭔가요?
헬메르	그걸 내가 당신한테 말해야만 하다니! 당신의 남편에 대한 그리고 당신의 자식들에 대한 의무가 아니겠어?
노라	나에게는 똑같은 정도로 성스러운 다른 의무가 있어요.
헬메르	당신에게는 그런 게 없어. 그게 도대체 무슨 의무이겠어!
노라	나 자신에 대한 의무요.
헬메르	무엇보다도 당신은 아내이자 엄마야.
노라	나는 더 이상 그렇게 생각하지 않아요. 내가 무엇보다도 당신과 똑같은 인간이라고 난 생각해요. 아니면 오히려 그렇게 되려고 노력할 거예요. 토르발, 세상은 당

신이 옳다고 인정하게 될 것이고 비슷한 것이 책에 써 있다는 것도 나는 잘 알아요. 하지만 내가 세상이 말하는 것과 책들에 씌어있는 것에 더 이상 따를 수는 없어요. 모든 일을 분명히 알기 위해서 스스로 깊이 생각해야만 해요.

헬메르   당신은 자신의 가정에서 당신의 위치를 똑똑히 알아야 되는 거 아니야? 당신은 그런 문제에 있어서 확실한 안내자가 없어? 당신에게는 종교가 없어?

노라   아, 토르발, 종교가 무엇인지 나는 정말 전혀 정확하게 알지 못해요.

헬메르   그게 지금 무슨 말이야?

노라   내가 입교를 받으러 갔을 때 한젠 목사님께서 말씀하셨던 것만 알고 있어요. 목사님은 종교란 이러 저러한 것이라고 강연하셨어요. 만약 내가 현재의 내 상황을 벗어나 혼자 있게 된다면, 난 그것도 근본적으로 캐보려고 할 거예요. 한젠 목사님이 말씀하신 게 옳았던 것인지 아니면 차라리 그 말씀이 나에게 옳은 것인지 알아볼 거예요.

헬메르   아, 젊은 여자가 그런 말을 입에 담다니 파렴치한 일이군! 하지만 종교가 당신에게 안내자가 될 수 없다면, 적어도 당신의 양심을 내가 일깨워줄게. 도대체 당신에게는 도덕심이나 있는 건가? 아니면, 내게 대답해 봐. 혹시 당신에게는 도덕심이 없는 것인가?

노라 없어요, 토르발. 그것에 대해서 당신에게 대답하는 게 쉽지 않군요. 토르발. 난 정말 그런 감정을 전혀 몰라요. 나는 그것을 완전히 잘못 생각했어요. 똑같은 일에 관해서 나는 당신하고 전혀 다른 견해를 갖고 있다는 것만 알고 있을 뿐이에요. 법도 내가 생각했던 것과 다르다는 것 역시 이제 알았어요. 법이 옳다고 나는 전혀 생각하지 않을 거예요. 그러니까 죽어가는 아버지를 보살피거나 자기 남편의 목숨을 구할 권리를 여자는 가져서는 안 되는 것이더군요!

헬메르 당신은 아이처럼 말하고 있어. 당신이 지금 살고 있는 사회를 당신은 이해하지 못하고 있어.

노라 나는 그런 사회를 이해하지 못해요. 물론이에요. 하지만 이제 나는 이런 사회를 좀 더 자세히 알아볼 거예요. 누구 말이 옳은지, 사회인지 아니면 나인지 반드시 밝혀내겠어요.

헬메르 어디 아프군, 노라. 열이 있어. 심지어 당신은 정신이 나간 것 같아.

노라 나는 지금처럼 정신이 맑고 확실하게 느껴본 적이 없어요.

헬메르 그래서 당신이 맑고 확실하게 당신 남편과 당신 자식
들에게서 떠나는 것인가?

노라 네, 난 그렇게 해요.

헬메르 그렇다면 한 가지 설명만 가능하군.

노라 어떤 설명인데요?

헬메르 당신은 더 이상 나를 사랑하지 않아.

노라 그래요, 바로 그거예요.

헬메르 노라! 그런데 당신이 그렇게 말하다니!

노라 저는 더 고통스러워요, 토르발. 당신이 늘 나에게 친절
했으니까요. 하지만 이제 뭘 할 수 있겠어요? 난 당신
을 더 이상 사랑하지 않아요.

헬메르 (힘겹게 자제하면서) 그것도 분명하고 확실한 믿음인
가?

노라 아주 분명하고 확실한 믿음이에요. 내가 더 이상 여기
머물려고 하지 않는 이유가 바로 그거예요.

헬메르 그런데 무엇 때문에 내가 당신의 사랑을 놓쳐버렸는
지 나에게도 설명해줄 수 있어?

노라 그래요, 설명할 수 있어요. 그 기적이 일어나지 않은
오늘밤이었어요. 그리고 그때 나는 알았어요. 내가 지
금까지 생각했던 사람이 당신이 아니었다는 것을 말
이에요.

헬메르 좀 더 자세히 말해봐. 나는 당신을 이해하지 못하겠어.

노라 팔 년 동안 나는 참을성 있게 기다렸어요. 아이고, 맙소사. 기적은 일상적인 것처럼 일어날 수 없다는 걸 난 정말 이해했기 때문이에요. 그러고 나자 이런 불행이 나를 덮쳤어요. 그러고 나서 마침내 이제 기적이 일어날 것이라고 나는 확고하게 확신했어요. 크로그스타의 편지가 저 밖에 있었을 때, 그때 나는 당신이 이 사람의 조건을 따를 수 있을 거라고는 한 순간도 생각해보지 않았어요. 당신이 그 사람에게 말할 거라고 확고하게 확신했어요. 그냥 온 세상에 공포하라고 말이에요! 그리고 그런 일이 일어나면…….

헬메르 지금, 그렇게 되면? 만약 내 아내가 모욕과 창피를 당하게 내가 내버려뒀다면?

노라 그 일이 일어났다면, 당신이 나타나 모든 것을 떠맡아 "내가 죄인이다"라고 말할 것이라고 난 바위같이 굳게 믿었어요.

헬메르 노라!

노라 당신은 내가 당신의 그런 희생을 절대로 받아들이지 않았을 거라고 생각하지요? 물론 안 받아들여요. 그렇지만 나의 확신이 당신의 말에 대해서 무슨 가치가 있었겠어요? 내가 두려움과 걱정 속에서 바랐던 것이 바로 그런 기적이었어요. 그리고 그것을 막기 위해서 난 자살하려고도 했었어요.

헬메르 난 기꺼이 당신을 위해 밤낮으로 일할 거야, 노라. 당신을 위해서 비탄도 근심도 견디어낼 거야. 그렇지만 어떤 남자도 자기가 사랑하는 사람들을 위해 자신의 명예를 희생하지는 않아!

노라 수많은 여자들이 그렇게 해왔어요!

헬메르 아, 당신은 마치 사려 깊지 못한 아이처럼 생각하고 말하고 있어.

노라 그럴지도 모르죠. 하지만 당신은 내가 따를 수 있는 남자처럼 생각하지도 않고 말하지도 않아요. 당신의 두려움은 나를 위협하는 것이 두려운 게 아니라, 당신 자신에게 일어날 수도 있는 것에 대한 두려움이었지요. 그 모든 위험이 사라지자마자, 당신은 마치 아무런 일도 일어나지 않았던 것처럼 행동했어요. 난 평소와 똑같이 당신의 작은 종달새였고, 당신이 지금부터 두 배나 조심스럽게 두 손에 지니고 싶어 하는 당신의 인형이었어요. 그 인형은 아주 약하고 부서지기 쉬었으니까요. (일어선다) 토르발, 그 순간 내가 여기서 팔 년 동안 어느 낯선 남자와 함께 살았다는 것을, 그리고 내가 그 남자와 세 자녀를 두었다는 사실을 나는 깨달았어요. 오, 나는 그것을 생각해서는 안 돼요! 나 자신을 갈기갈기 찢어버릴 수도 있을 거 같아요.

헬메르 (우울하게) 그래 알아, 알고 있다고. 실제로, 우리 사이에 깊은 구렁 하나가 열렸어. 하지만, 노라, 그 구렁을 메울 수는 없을까?

노라 지금의 저는 당신에게 어울리는 아내가 아니에요.

헬메르 나는 새 사람이 될 힘을 갖고 있어.

노라 어쩌면 그럴지도 모르죠. 만약에 당신이 인형을 빼앗기게 되면 말이에요.

헬메르 헤어지다니, 당신과 헤어지다니! 안 돼, 안 돼, 노라, 난 그런 생각을 할 수 없어.

노라 (오른쪽으로 들어간다) 그만큼 더 단호하게 그 일을 해야만 해요.

그녀는 모자와 외투를 입고 돌아와 탁자 앞 의자 위에 놓은 작은 여행 가방을 든다.

헬메르 노라, 노라, 지금은 안 돼! 내일까지 기다려.

노라 (외투를 입는다) 나는 낯선 남자의 집에서 밤새 머물러 있을 수 없어요.

헬메르 하지만 우리가 여기서 남매처럼 살 수는 없을까?

노라	(모자를 쓴다) 당신은 그것이 오래 지속되지 않을 거라는 걸 잘 알잖아요. (숄을 두른다) 잘 있어요, 토르발. 난 아이들을 보지 않을래요. 아이들은 나보다 더 나은 사람이 돌봐줄 거라는 걸 난 알아요. 지금의 저로서는 아이들에게 아무 쓸모가 없을 거예요.
헬메르	그렇지만 나중에 한번, 노라, 나중에는?
노라	내가 그것을 어떻게 알 수 있어요? 내가 어떻게 될지 나도 전혀 몰라요.
헬메르	하지만 당신은 내 아내야, 지금도 그리고 앞으로도.
노라	잘 들어요, 토르발. 지금 내가 하는 것처럼 여자가 남편의 집을 떠나면, 내가 알기로 법은 남편에게 아내에 대한 모든 의무를 면제해줘요. 당신이 어떤 것으로든 속박당하지 않게 해줄게요. 내가 어떻게라도 그런 의무를 느끼지 않는 것처럼 말이죠. 우리 양측에 완전한 자유가 감돌아야만 해요. 자, 여기 당신의 반지를 돌려받으세요. 제 반지도 돌려주세요.
헬메르	이것도?
노라	그것도요.
헬메르	여기 있어.
노라	자. 그럼 이제 끝났어요. 열쇠를 여기에 놓을게요. 집 안 살림은 하녀들이 잘 알고 있어요. 나보다도 훨씬

170

더 잘 알아요. 내가 떠나면 친정에서 가져온 내 재산인 물건들을 챙기러 내일 크리스티네가 올 거예요. 그 물건들을 나중에 나에게 보내도록 하세요.

헬메르   끝났다니! 끝났다니! 노라, 당신은 앞으로 나를 생각하지 않을 거야?

노라   나는 분명 가끔 당신과 아이들 그리고 이 집을 생각하게 되겠지요.

헬메르   당신한테 편지를 써도 될까, 노라?

노라   안 돼요, 절대로 안 돼요. 당신에게 그렇게 하는 걸 금지하겠어요.

헬메르   하지만 내가 당신에게 보내도 되잖아.

노라   아무것도 보내지 마세요, 아무것도요.

헬메르   도움이 필요할 때, 당신에게 도움이 될 만한 것인데.

노라   안 된다고 말하잖아요. 나는 낯선 사람에게서는 아무것도 받지 않을 거예요.

헬메르   노라, 내가 당신에게 낯선 사람 이상은 다시 될 수 없는 건가?

노라   (여행 가방을 든다) 아, 토르발, 그러려면 기적이 일어나야만 할 거예요.

헬메르   가장 놀랄만한 일이 무엇인지 나에게 말해봐!

노라   그러면 우리 두 사람에게, 당신과 나에게 그런 변화가 생겨서, 아, 토르발, 난 더 이상 기적 따위는 믿지 않아요.

헬메르   하지만 나는 그것을 믿을 거야. 말해 봐. 그런 변화가 생긴다면?

노라   우리가 같이 사는 것이 진정한 결혼이 될 수 있을 거라는 그런 착각이겠지요. 잘 있어요!

그녀가 현관을 통해 나간다.

헬메르   (문 옆에 있는 의자에 주저앉아 얼굴을 두 손으로 감싼다) 노라! 노라! (주위를 둘러보고 일어난다) 텅 비었군. 그녀는 떠났어! (그의 안에서 한 가지 생각이 떠오른다) 이게 가장 놀랄만한 일이라고?

아래층에서 출입문이 쾅하고 닫히는 소리가 들린다.

여성으로서 자아를 되찾는 과정, 그리고 희망

《인형의 집》에 대한 작품해설

노르웨이가 낳은 극작가 헨릭 입센의 작품들 중에서 가장 대표적인 작품으로《노라 또는 인형의 집》을 꼽는다. 원제는《노라 또는 인형의 집》이지만 여기서는 국내 독자들에게 잘 알려진 대로《인형의 집》으로 부르기로 한다. 이 작품은 헨릭 입센의 작품 중에 가장 문학적인 성과를 거두었고 연극 관객들에게도 큰 각광을 받았다. 입센은 이 작품에서 자신의 이상을 최대로 구성하여 보여주었다. 그는 여성의 모습을 기존의 복종적이고 나약한 상태로 묘사하지 않고, 독립적인 인격체로서 꿋꿋이 살아가는 여성상을 보여주는 사회극 형태로 제시하였다.

3막으로 구성된 이 작품의 배경은 시작부터 끝날 때까지 헬메르의 가족이 살고 있는 집의 거실이다. 이 거실은 안락하고 취향대로 멋있게 꾸몄지만, 호사스럽지 않게 꾸려진 방이다. 헬메르의 직업이 변호사인데, 이 정도 집에 살고 있다는 점으로 보아 일반적으로 중산층 가정의 분위기라 여겨진다.

1막은 노라가 크리스마스트리를 사오면서 시작된다. 그녀가 짐꾼에게 1크로네의 배달료를 주면서 잔돈을 가지라고 할 정도로 돈 씀씀이가 여느 사람 같지 않다는 것을 발견하게 된다. 남편 몰래 사온 마카롱을 먹으면서 콧노래를 부르는 아무 걱정거리가 없는 여성으로 묘사된다. 하지만 헬메르는 흥겹게 콧노래를 부르는 자기의 아내 노라를 작은 종달새와 작은 다람쥐라고 부르면서도 금화라는 뜻과도 동의어인 작은 방울새 (Zeisiglein)가 낭비했다고 말한다. 또한 내 작은 낭비꾼이라고 지칭하는 것으로 보아, 부부 사이에 돈이 매우 중요한 화제 거리임을 알 수 있다. 헬메르는 아내에게 사치해서는 안 되고 빚을 내서도 안 되며, 절대로 돈을 빌리면 안 된다고 단정한다. 헬메르는 노라의 진정한 모습을 보고자 애쓰지 않는다. 그녀가 마땅치 않더라도 노라의 현재 모습이 달라지는 것을 원치 않는다. 노라 또한 남편이 원하는 아내라는 실제적 실상에 흡족해 하면서 살아간다. 헬메르는 노라의 아름다움만 좋아하는 남편이고, 노라는 자기가 남편이 원치 않는 것을 해볼 생각도 못하는 아내라고 말하지만, 그는 헬메르 몰래 마카롱을 먹는 등 자기가 원하는 대로 행동한다. 남편에게 크리스마스가 지나고 나서 무엇을 할 것인지 자신의 계획을 이야기하려던 때에 린데 부인과 랑크 박사가 찾아온다.

거의 10년 만에 만난 린데 부인은 노라와 달리 불행한 여인이 되었다. 그녀의 남편은 3년 전에 죽었는데, 자식도 없고 재산도 없는 외톨이 신세가 되었고, 일자리마저 없다. 노라를 찾아온 이유는 은행장이 된 노라의 남편에게 일자리를 부탁하기 위해서이다. 린데 부인, 즉 크리스티네에게 노라는 희망이자 돌파구이다. 그런데 노라가 크리스티네에게 과거에 남편이 아파서 이탈리아로 여행을 가야만 했는데, 돈이 너무나 많이 들어서 친정아버지에게서 돈을 빌렸다고 말한다. 하지만 크리스티네는 그때는 이미 노라의 아버지가 사망한 때가 아니냐고 묻는다. 여기에는 노라가 차용증의 서명을 위조한 것에 대해 암시하는 부분이다. 대답도 제대로 하지 못한 채 노라는 이탈리아 여행으로 헬메르의 건강이 회복되었다고 알려준다.

크리스티네의 눈에 노라는 고생 한 번 해보지 않은 어린애 같은 여자이고, 세상물정을 모르는 사람이다. 두 사람의 대화에서 서로 자랑스럽게 여기는 부분을 찾을 수 있다. 크리스티네의 경우에 그것은 어머니가 돌아가시기 전 편하게 해드린 점과 동생들을 위해 일한 것이었고, 노라의 경우에는 남편의 목숨을 구해준 것이 자랑스러운 일이었다. 노라의 친정아버지는 많은 사람에게 돈을 빌려줄 만큼 부유한 사람이었지만, 딸 노라에게는 한 푼도 남겨주지 않았다. 게다가 당시에는 여자가 남편의 동의 없이 돈을 차용할 수가 없었다. 이 내용에 대해서는 린데 부인이 여자는 자기 남편의 승낙 없이 대부금을 받을 수 없다고 노라에게 이야기하는 데서 알 수 있다.

　노라는 남편의 병을 고치기 위해서 돈을 빌려야 했는데, 자신의 병세를 알지 못하는 헬메르는 돈을 차용하는 방도를 의논하고자 하는 노라의 태도를 경솔하고 변덕스러우며 공상이라고 질타한다. 하지만 자신의 행동이 옳다고 여긴 노라는 더 이상 헬메르와 의논하지 않고 실행에 옮긴다. 노라는 가정이 파괴될지도 모른다는 두려움 때문에 남편과 더 깊이 있는 대화를 나누지 못한 것이다. 남편의 병을 고치기 위해서 아내가 빚을 졌다는 사실일지라도 남편의 자존심을 손상시키는 사건이기 때문에, 노라는 아름답고 행복한 가정을 지키기 위해서 스스로 판단한 일을 실행에 옮긴 것이다. 남편 모르게 빚을 지긴 했어도, 남편의 목숨을 구했기 때문에 노라는 자신의 행동이 자랑스럽다. 그녀는 사실 검소했고, 소박했으며, 밤늦도록 사무실 일을 얻어와 돈도 벌고 저축도 했다. 그렇게 가정을 지키기 위해서 노력한 그녀는 자랑스러웠고, 즐거웠다. 하지만 노라는 얼마나 빚을 갚았는지도 모른다. 다만 남편이 이제 은행장이 될 것이기 때문에 모든 근심과 걱정이 사라졌다고 간주하고 행복해한다. 그리고 크리스티네를 위한 일자리도 마련해주기로 남편에게 약속을 받아낸다. 랑크 박사와 헬메르가 나가고 크리스티네 역시 이제 숙소를 찾기 위해서 나가자, 유모가 아이들을 데리고 들어온다. 노라는 막내 에미를 안으면서 인형이라고 부른다. 이는 친정아버지가 노라를 일컫던 말과 똑같은 관습적인 말이다. 노라 또한 당시 사회에서 으레 그렇게 통용되듯이 독립적인 주체가 아니라, 관습에 얽매인 여성이란 점이 노출된다.

노라가 아이들과 행복하게 놀고 있을 때 불안을 조장하는 당사자인 크로그스타가 은행 업무를 핑계로 찾아온다. 헬메르가 은행장이 된다는 소문을 듣고서 자신이 해고당하는 것을 막기 위해 집 앞에서 지켜보고 있다가 노라 혼자 집에 있음을 알아내고 들어온 것이다. 크로그스타는 노라가 친정아버지의 이름을 차용증에 위조한 약점을 들춰대며 헬메르에게 부탁해서 자기를 해고시키지 말도록 하라고 협박한다. 랑크 박사의 표현대로 크로그스타는 뼈 속까지 모조리 썩은 인간이다.

크로그스타는 법률문제를 모르는 노라를 범죄자로 몰아간다. 그녀가 고소당할 수 있다고 말하면서 자신의 존재감을 확인할 수 있는 은행에서 해고당하지 않기 위해 필사적으로 발버둥 친다. 그러기 위해서 그는 노라가 친정아버지의 서명을 위조한 점을 들춰댄다. 하지만 크로그스타 또한 서명을 위조한 적이 있다. 그 때문에 자신의 자리가 위태로움을 깨닫고 사회적 지위를 유지하기 위해서 노라에게 죄책감을 느끼도록 압박한다. 하지만 노라는 남편 몰래 돈을 마련한 자신의 행동이 자긍심과 기쁨이라고 생각할 뿐, 범죄라고는 전혀 여기지 않는다. 남편의 병을 고치기 위해서 그리고 아버지의 고통을 줄이기 위해 감행한 자신의 행동이 잘못된 것이라고는 생각하지 못한다. 하지만 크로그스타로 인하여 그러한 행위가 사회법상 범죄였다는 것을 알게 된다.

서류뭉치를 들고 온 남편은 누군가 집에 왔었다는 낌새를 채고, 노라에게 물어보지만 그녀는 거짓말을 했다가 그가 왔었다는 사실을 실토한다. 두 사람의 대화의 핵심은 크로그스타가 저지른 술책과 거짓말, 자기 아내 모르게 빚을 지고 살아왔다는 것 그리고 헬메르가 판단하는 잘못된 가정은 거짓, 위선, 속임수와 빚을 지고 사는 가정이 질병이며 전염병 같은 존재라는 내용이다. 하지만 노라는 혼란스러워한다. 남편을 고치기 위해서 헬메르 모르게 돈을 빌린 것과 아버지의 고통과 두려움을 줄이기 위해서 자신이 행한 행동에 오히려 자긍심을 느껴왔기 때문이다. 노라의 실체가 피상적으로는 가정에 해악을 끼치는 아내와 어머니 같지만, 내용적으로 보면 참으로 검소하고, 억척스럽게 살림을 꾸려온 강한 여성이라는 점이 노출되는 점이 흥미롭다.

2막은 크로그스타가 남편에게 노라의 과거 행적을 폭로하는 편지를 보낼까 봐 노라가 초조해 하는 상황이 시작된다. 특히 2막에서는 노라가 죽음을 선택하기로 결심하고, 랑크 박사가 숨겨온 자신의 질병을 밝히면서 자신에게 한 달 안에 죽음이 찾아온다고 말하는 부분이 극적인 긴장감을 고조시킨다. 독자는 노라가 남편인 헬메르에게 위로를 받거나 위안을 받기보다는 오히려 랑크 박사에게 더 큰 위로와 편안함을 느낀다는 사실을 발견하게 된다. 결혼 초기부터 노라와 헬메르 부부는 서로 진정한 이야기를 나눠보지 못한 사이다. 그것은 남편의 이기주의 때문이었다. 이들을 살펴보면 서로 가식적으로 대하는 사이이다. 이들은 무도회장에서 가면을 쓰고 연주에 맞추어 춤을 잘 추어야 만족하는 사람들처럼 타인들에게 자신을 멋지게 보여주기 위해 각본에 따라 행동하는 부부관계이다. 헬메르는 1막에서도 그랬듯이 자신의 아내를 작은 종달새로 여기고, 늘 노라가 아름다운 모습으로 자신에게 보이기를 바란다. 그래서 크리스티네가 옷 수선을 하는 것을 헬메르가 보면 안 되기 때문에 자리를 비켜달라고 노라는 요구한다. 노라는 남편이 좋아하는 대로 노래하고 예쁜 자태를 보여주어야만 하는 존재다. 그녀는 재주를 부리는 다람쥐, 예쁘고 작은 종달새로서 남편을 위해 노래 부르고 춤을 추며 비위를 맞추고자 한다. 하지만 남편이 이미 크로그스타의 자리를 크리스티네에게 주기로 결정했다는 사실을 노라는 알게 된다. 노라는 남편 자신을 위해서 크로그스타를 해고시키면 안 된다고 말하지만, 남편은 아내의 자존심을 상하게 할 뿐이다. 명예와 체면을 중요시하는 헬메르가 크로그스타를 해고하는 이유는 은행에서 이 사람이 자신에게 함부로 대하여 견딜 수가 없기 때문이다. 노라가 이 말에 대해 사소한 일이라고 말하자, 더욱 화가 난 헬메르는 하녀를 시켜서 크로그스타에게 해고장을 발송한다.

헬메르가 서재에 들어가고 노라가 절망에 빠질 때 랑크 박사가 또 방문한다. 랑크는 노라에게 친구인 헬메르가 자신의 병실에 찾아오지 못하게 해달라고 부탁한다. 죽어가는 친구의 모습이 흉측하기 때문에 아름다움을 좋아하는 헬메르가 싫어한다는 일면을 알게 해주는 대목이다. 노라는 랑크 박사를 위로하기 위해서 자신이 내일 춤을 추는 것은 그를 위해서라고 말한다. 그렇지만 이 말이 떨어지기 무섭게 헬메르를 위해서도 춤을 출 거라고 말한다. 노라에게 남편 헬메르는 자신을 인형으로 여겨온 아버지와 같은 존재이다. 랑크 박사에게 자신의 실크 양말을 보여줄 정도로 두 사람은 친밀하고 서로 믿을 수 있는 사이라는 게 드러난다. 둘의 관계는 야릇해 보이지만 절대로 선을 넘지 않는다. 그녀는 마음속으로 랑크를 사랑하지만 말하지 않는다. 노라에게 랑크는 헬메르가 해야 할 의무를 대신하는 편안한 존재이다.

다시 찾아온 크로그스타는 해고통지서를 받았다고 알려준다. 하지만 노라에게 당분간 어떠한 법적 절차를 밟지 않을 터이니 염려하지 말라고 한다. 하지만 노라가 많은 돈을 내놓는다 해도 차용증서를 내놓지 않을 것이라고 밝힌다. 두 사람의 대화에서 노라는 어떤 극단적인 행동을 결심하고 있음을 암시한다. 그것은 죽음이다. 크리스마스 이틀간의 이야기에서 노라가 죽음을 선택할 수밖에 없는 이유는 독자가 해석할 몫이다. 노라는 이 짧은 극에서 그리고 이틀간의 이야기에서 진지하게 삶에 대해 고뇌한다거나 진정한 가정의 행복을 심도 있게 발견하려 하지 않는다. 남편인 헬메르는 아내의 의지와 사랑 자신을 향한 노력을 인정해주지 않는다. 오히려 그가 바라는 것은 자존심과 명예일 뿐이다. 또한 크로그스타 역시 헬메르에게서 돈을 돌려받으려는 게 아니라, 끝 모를 욕심, 욕망 그리고 출세욕을 위해 달리는 위험한 사람이다. 그는 은행장은 헬메르가 아니라, 자신이 그런 위치에 있어야 한다고 자신하는 무모한 자일 뿐이다.

노라는 크로그스타에게 간절하게 부탁하지만, 그는 헬메르에게 보내는 편지를 편지통에 넣고 간다. 깜짝 놀란 노라는 헬메르의 시선을 돌리려 타란텔라 춤을 추겠다고 한다. 이 부분에서 노라와 헬메르 그리고 헬메르와 랑크의 위선이 안타깝게 그려진다. 진정한 인간을 보는 게 아니라, 가면극처럼 자신의 얼굴을 가리기 위해서 온갖 재주를 부리는 극중극 형식의 배우들을 만나는 기분이다. 헬메르가 춤을 가르쳐주겠다고 연주하고, 이어서 랑크가 연주하는데 노라는 점점 더 격렬한 춤을 춘다. 두려움과 불안을 감추기 위한 몸부림침이다. 두 남자에게 인형이 되는 노라의 모습을 독자는 끔찍한 생각으로 읽어나갈 것이다. 게다가 노라가 죽음의 시간을 계산하는 부분에 다다르면 왜 이렇게 자신을 드러내지 않고 숨기는 것일까 하는 안타까움에 한숨이 터져 나올 지경이 된다.

3막의 배경 역시 노라와 헬메르 집의 거실이다. 위층에서는 댄스 음악이 들려오고 무대에서는 린데 부인과 크로그스타가 대화를 나눈다. 그는 과거에 크리스티네가 자신을 버리고 떠났기 때문에, 현재 자신이 불행해졌다고 생각한다. 하지만 린데 부인은 당시에 병든 어머니와 어린 두 동생 때문에, 미래가 확실하지 않은 크로그스타를 떠난 것이라고 알려준다. 두 사람은 이제 누가 은행의 일자리를 포기해야 하는지 말해야 하지만, 크리스티네는 크로그스타에게 그 자리가 주어지지 않을 것이란 사실을 알고 있다. 그녀는 삶의 난파선에 혼자 매달려 허우적거리기 보다는 함께 매달리는 게 나을 것이라고 둘의 결합을 제안한다. 자신의 처지를 잘 알고 있음에도 아이들의 엄마가 되겠다는 크리스티네에게 감동한 크로그스타는 헬메르에게 보낸 편지를 돌려받으려고 한다. 그렇지만 그녀는 이 집안의 거짓과 비밀이 밝혀져야 한다면서 그를 말린다.

린데 부인은 방문자로 옛 친구의 집을 찾았다가 단 하루 만에 부부의 위선과 허위를 발견한다. 부부는 함께 한 시간이 길었지만, 린데 부인 같은 통찰력을 가져본 적이 없다. 노라가 위층 파티에서 춤을 추고서 흡족한 표정으로 내려오자, 크리스티네는 남편에게 모든 것을 털어놓으라고 권고한다. 하지만 노라는 자신이 이제 무엇을 해야 하는지 알고 있다고 응답한다. 뒤따라 내려온 남편이 노라에게 다가오자 그녀는 남편을 거부한다. 그녀의 마음에 어떤 결심이 섰는지 발견할 수 있는 부분이다. 헬메르는 크리스티네에게까지 추한 모습을 드러내는 뜨개질을 하지 말고 여성이 아름답게 보일 수 있는 수를 놓으라고 권유하면서 자신의 취향을 알려준다. 이 부분은 19세기 말 당시 유럽에 팽배했던 남성 우월성과 여성성에 대한 성적 왜곡을 알 수 있게 해준다. 헬메르에게 노라는 재산이요, 오직 내 것으로서의 가치만 있을 뿐이다. 그 가치란 성적인 매력이 있을 때만 소중할 뿐이다. 극에서 시종일관 헬메르가 노라를 대하는 평가는 바로 이것이다. 남성인 헬메르에게는 매력있는 여자만이 가치 있을 뿐이다. 그래서 헬메르는 노라가 타란텔라 춤을 아름답고 매혹적으로 끝내자마자, 그 아름다움을 독점하기 위해서 속히 노라를 데리고 자기 집으로 내려온 것이다. 그가 바라보는 노라는 아름다워야 하고 매력적이어야 하는 인형 그 자체이다. 그에게 아내는 소유물이다. 그래서 헬메르는 노라가 통찰력을 가지리라고는 꿈에도 생각해보지 않았다. 타란텔라 춤을 추면서 노라는 헬메르를 관찰하고 있다. 헬메르는 남편이 아니라, 낯선 사람이라는 사실을 노라는 깨닫는다. 그래서 노라는 이제 그에게서 벗어나야 한다는 충분한 동기를 얻는다.

극의 마지막 부분에서 헬메르가 마침내 편지통에서 편지들을 꺼내는 내용이 나온다. 그가 먼저 발견한 것은 랑크 박사의 죽음을 알리는 명함이다. 랑크 박사는 자신이 명함에 검은 십자가를 그려놓으면 죽음이 임박했음을 알리는 신호라고 앞부분에서 말했다. 그러한 명함을 보면서도 헬메르는 노라에 대한 사랑을 말한다. 하지만 노라는 헬메르의 말이 위선이고 거짓이라는 걸 잘 안다. 그녀가 과감히 아이들과 남편을 남겨두고 집을 나간 것은 자기가 지금까지 가장을 해왔음을 깨달았기 때문이다. 가정에서도 인형으로서 아내와 엄마, 노라 자신의 정체성을 아름답게만 꾸미고, 연극을 해왔음을 알았기 때문이다. 노라의 가출은 허위로부터의 돌출이요, 자아를 찾아가는 출발이라고 볼 수 있다. 다만 이러한 돌출과 출발이 죽음을 암시하고 있어서 충격적이다.

헬메르는 크로그스타의 편지를 읽고 난 후 아내에게 분노한다. 노라가 남편이 죄를 덮어쓸까 염려하여 내린 이러한 극단적 결정에 대해서 헬메르는 오히려 노라를 위선자, 거짓말쟁이 그리고 범죄자라고 치부한다. 그에게는 오직 자신의 명예와 자존심만이 중요한 가치일 뿐, 노라의 감정에는 전혀 무관심하다. 노라가 떠나며 극이 마무리된다. 그녀가 떠나겠다고 남편에게 말하는 대사를 잘 읽어보면, 흥미롭기도 하고 충격적인 사실을 발견할 수 있다. 노라는 무도회 복을 일상복으로 갈아입은 채 남편에게 이별을 알린다. 소유물로 여긴 인형이 자기 정체성을 깨닫지 못하고, 오직 남편만을 위해 살아온 점에 대해서 이야기한다.

남편은 그 인형이 자신의 가치를 부정하자, 아쉽게 여길 뿐 떠나는 노라를 절대로 잡지 않는다. 노라에게 헬메르는 구경꾼, 방관자, 훔쳐보는 성적인 대상이지 진정한 남편, 사랑하는 이가 아니다. 3막이 끝날 때 노라는 남편과 자식들 내팽개치듯 문을 꽝 닫고 떠나는 장면은 소리로 들려올 뿐이다. 입센은 관객인 헬메르뿐만 아니라, 독자와 연극 관객에게도 자아관찰이나 자기 정체성을 통찰해보라고 경고의 사이렌 소리를 크게 울린다.

헨릭 입센의 문학 활동

헨릭 요한 입센은 1828년 3월 20일 노르웨이의 남부 지방 텔레마르크 주의 수도 시엔에서 부유한 상인 크누드 입센의 둘째 아들로 태어났다. 하지만 그가 여덟 살 되었을 때 아버지의 사업이 실패하여 갑자기 가족들은 흩어져 살아야만 했다. 제대로 된 교육도 받지 못한 그는 16세에 그림스타라는 작은 도시에서 약국 도제교육을 받으면서 작은 제약사에 들어가 조수로 일했다. 그러다가 20세가 되어서야 의과대학에 진학하려고 시험 준비를 했다. 시험공부를 하는 틈틈이 그는 문학작품들을 쓰기 시작했지만, 대학에 입학하지 못했다.

헨릭은 1848년 프랑스 2월 혁명의 영향을 받아 집필한 첫 번째 희곡 작품인 3막 운문극 형식의 《카틸리나Catilina (1849)》를 썼다. 가난한 작가 헨릭 입센에게 책을 출판할 돈이 없다는 사실을 잘 아는 친구 슐레루드는 크리스티아니아 (현재의 오슬로)에서 대학입학 준비 중이었는데, 자비를 들여서 헨릭의 극작품을 출판해주었다. 하지만 이 작품은 몇 부밖에 판매되지 않았다. 헨릭은 그 작품을 공연하고 싶어 했지만, 크리스티아니아 극장 측은 공연 허가를 거절했다.

이 작품은 특이한 점이 있다. 작품의 배경이 바로 1848년 프랑스 2월 혁명이기 때문이다. 공화국이 된 프랑스의 혁명의 물결은 유럽 전역으로 순식간에 퍼졌다. 이 사건으로 입센은 세상에 눈을 뜨게 되었고 인간에 대해서 각성하게 되었다. 20대 초반의 청년이 유럽 전역에서 발생했던 크고 작은 혁명, 정변, 전쟁, 민족주의적 혁명 등 대변혁에 눈을 뜨고 이를 작품에 담아낸 것은 지극히 당연한 일이라 여겨진다. 이 시기부터 그는 작가로서 사회적인 문제를 깨닫기 시작한 것으로 평가된다.

이 당시 덴마크의 통치를 받고 있던 독일 북부지방인 슐레스비히 홀슈타인에서 반란이 일어나자 당시의 독일군인 프로이센 군대가 즉각 침입하여 덴마크와 독일의 전쟁이 시작되었다. 입센은 노르웨이의 동맹국인 덴마크 국왕에게 전쟁을 종용하는 시를 써서 바쳤다. 그렇지만 덴마크 국왕에 의해 그의 제안이 거절되자 입센은 로마의 실패한 혁명가 카틸리나를 주인공으로 한 극작품을 쓰기 시작했다. 입센은 이 작품에서 역사적으로 야심가였던 카틸리나를 로마 공화국 말기의 개혁가로 재해석하였다.

1850년 3월 초에 입센은 그림스타를 떠나 친구 슐레루드가 있는 크리스티아니아로 이사하여 대학 입시를 위한 우수한 학생들이 모이는 예비학교에 들어갔다. 바로 이 학교에서 입센은 훗날 노르웨이 문단을 이끌어갈 비네, 비외른손, 요나스 리 같은 유능한 인재들을 만나게 되었다. 천부적인 시인인 비외른손과의 조우는 입센의 진로에 결정적 영향을 행사하였다. 이 당시 그는 여러 잡지에 글을 실었고 주로 정치를 풍자하는 기사들을 기고하였다. 또한 그가 생활고를 해결하기 위해 쓴《전사의 무덤》이 극장에서 상연을 허가받아 약간의 물질적 도움을 받기도 했다. 입센은 이 작품이 상연되자 대학입학을 포기하고, 작가로서 활동하기로 다짐하였다.

그는 1851년에 베르겐 시에 새로 건립된 노르스케 극장의 무대감독이자 전속 극작가로 초빙되었다. 헨릭은 그로부터 육년간 본격적인 작가로서의 수업시대로 들어가기 시작했다. 1855년에는《외스트로트 섬의 잉거 부인》이라는 작품을 발표하며 극작가로서의 첫 번째 성과를 거두었다. 이 작품은 흥행에 성공한 것은 아니지만, 탄탄한 줄거리 구성과 여주인공이 가명을 계속 사용하고자 하는 심리를 집요하게 묘사한 점은 특히 주목할 만하다.《솔하우그의 향연 (1856)》과《헤르게트란의 전사 (1858)》도 이 기간에 발표한 작품이다. 입센은 이 기간 동안에 무대의 기교에 대해서 익히고 연구하여 이후 극작가로 성공하는 토대를 마련하게 되었다. 베르겐에서 활동하던 중 입센은 수잔나를 만났다. 그녀는 대단히 지적이고 지혜로운 여인으로서 입센이 여성문제에 크게 관심을 갖는 데 지대한 영향을 행사하였다.

1857년에 입센은 크리스티아니아 시의 노르스케 극장 단장으로 영입되었다. 여기서 다시 비외른손과 사귀면서 국민문학 운동에 동참하였다. 그렇지만 생활고가 해결된 것은 아니었다. 어려운 생활 속에서 그는 1858년에 목사의 딸 수잔나 토레센과 결혼하였다. 이듬해 그의 아들 지구르드가 태어났다. 그렇지만 연극 단장의 수입이 아주 적어서 입센의 가족은 이 시기에 재정적으로 매우 형편없는 상황을 겪으면서 지내야만 했다. 더욱이 삼년 후에 노르스케 극장은 결국 파산신청을 하는 지경에 이르렀다. 입센은 절망에 빠져 새로운 자본 출자자를 물색해야만 했다. 이 시기 입센은 사극《오라프 리리에크란스》를 발표하고, 수도 노르웨이의 극장으로 이직을 하게 된다.

1862년 입센은 최초의 현대극인《사랑의 희극》을 발표했는데, 이 작품은 자신의 아내인 수잔나를 모델로 당시의 가정과 연애 풍속을 해학적으로 묘사하였다. 하지만 작가가 작품 속에서 목사를 비판했다는 이유 때문에 보수 기독교인들로부터 맹비난을 받았다.

1864년 입센은 작가의 해외체류 여행 장학금을 받게 되어 이탈리아의 로마로 가서 그곳에서 사년 간 거주했다. 1866년 로마에서 이탈리아의 목사를 주인공으로 쓴 극작시《브란》이 마침내 성공하여 그에게 문학적 돌파구가 생겼다. 이 작품을 계기로 입센은 노르웨이 최고의 시인들과 동급의 대우를 받게 되었기 때문이다. 노르웨이 의회는 몇 년 후 그에게 작가 연봉을 지급하기로 공식 가결하였다.

1867년 입센은 극작시《피어 진트》를 발표하였고 이후 몇 년을 독일의 동부의 드레스덴과 남부의 뮌헨에서 머물렀다. 1876년 그는 극작품《헬게란드의 영웅들》을 뮌헨 호프테아터(궁정 극장)에서 공연하였다. 이 작품은 그의 첫 번째 해외 공연작품이 되었다. 이때부터 입센은 열성적으로 작품 집필에 몰입하여《사회의 지지 (1877)》,《노라 또는 인형의 집 (1879)》,《민중의 적 (1882)》,《들오리들 (1884)》,《유령 (1887)》,《바다에서 온 여인 (1888)》그리고《헤다 가블러 (1890)》를 발표하였다. 특히 이 가운데《인형의 집》은 입센이 큰 기대를 하지 않았지만 후에 대중의 큰 인기를 얻은 작품이 되었다. 로마와 뮌헨에서 몇 년을 지낸 후 입센은 1891년에야 유명한 작가가 되어 노르웨이로 돌아왔다.

그의 70회 생일날 스칸디나비아 국가의 수도에서는 많은 시민들이 그의 생일을 성대하게 축하해주었다. 입센은 1899년 그의 마지막 작품《우리 죽은 자들이 눈뜰 때. 극적인 에필로그》를 완성하였다. 하지만 얼마 지나지 않아 그는 중병에 들었고, 결국 뇌

졸중 발작을 일으켜 침상에 누워 있다가 1906년 5월 23일 세상을 떠났다. 노르웨이 국민들은 국장으로 위대한 작가와 이별하며 그의 명예를 지켜주었다.

헨릭 입센은 노르웨이 극문학의 아버지이자 현대 문학의 길을 열어준 안내자로서 평생에 걸쳐 사회 문제와 인간의 심리 등에 큰 관심을 기울였으며, 이러한 문제들을 문학적으로 잘 묘사한 극작품을 완성하였고, 이를 무대에 올려 노르웨이 국민뿐 아니라, 유럽인들의 마음에 감동을 불러일으켰다. 또한 현재 세계에서 가장 많이 공연되는 작품을 남긴 위대한 작가이기도 하다. 그의 작품들 가운데 아직까지 세계 각국에서 가장 많이 공연되는 대표작들은《피어 진트》,《인형의 집》그리고《민중의 적》등이 있다.

1879년 〈노라 또는 인형의 집〉 초연 공연, 춤추는 노라 장면

1828년 3월 20일 노르웨이 남부 항구도시 시엔에서 부유한 상인의 둘째 아들로 태어났다.

1836년 아버지의 파산으로 교외로 이사한다.

1844년 인근 그림스타 시의 약제사 견습생으로 들어간다.

1847년 시를 쓰기 시작했고, 키에르케고르의 사상에 관심을 갖게 되었다. 유럽의 혁명이나 내전 등에 관심을 갖게 되었다.

1849년 5막의 사극 〈카틸리나〉를 완성했다.

1850년 의과대학 입학을 위해 수도인 크리스티아니아 (현재의 오슬로)로 이주한다. 《노르만 사람》을 개작하여 《전사의 무덤》으로 제목을 바꾼 후 크리스티아니아 극장에서 9월에 상연한다.

1851년 음악가 오레 불에게 초빙되어서 베르겐 국민극장의 작가가 된다.

1852년 베르겐 극장의 지원으로 덴마크와 독일 연구여행을 떠난다.

1855년 《외스트로트 섬의 잉거 부인》이 상연되었으나 호평을 받지 못한다.

1856년 《솔하우그의 향연》을 상연이 성황리에 마무리된다.

1857년 사극 《오라프 리리에크란스》가 발표되었다. 이후 수도의 노르웨이 극장으로 이직한다.

1858년 북유럽 사가를 무대로 하는 명작 《헤르게트란의 전사》를 완성하고 자비로 공연한다. 6월 베르겐 시에서 스산나와 결혼한다.

1862년 최초의 현대극인 《사랑의 희극》을 완성했다. 크리스티아니아 대학의 지원으로 북부 협곡 지방의 민담을 수집하러 떠난다.

1863년 크리스티아니아 극장의 문학 담당 고문이 된다. 사극 《왕위를 노리는 자》

를 집필한다.

1864년 4월 코펜하겐과 베를린에서 생활한 다음 빈을 여행한다. 이후 로마 인근의 마을에 자리잡고 28년간 외국생활을 시작한다.

1866년 이탈리아의 목사를 주인공으로 하는 작품 《브란》을 발표하고 큰 명성을 쌓는다.

1867년 《피어 진트》를 발표했다.

1873년 《황제와 갈릴레아 사람》을 발표했다.

1876년 첫 해외 공연 작품인 《헬게란드의 영웅들》을 뮌헨 호프테아터(궁정극장)에서 공연하였다.

1877년 《사회의 지지》를 발표했다.

1882년 《민중의 적》을 발표했다.

1884년 《들오리들》을 발표했다.

1887년 《유령》을 발표했다.

1888년 《바다에서 온 여인》을 발표했다.

1899년 마지막 희극 작품인 《우리 죽은 자들이 눈뜰 때. 극적인 에필로그》를 발표한 이후 건강이 쇠약해져서 투병 생활을 이어간다.

1906년 5월 23일 병세가 악화되어 별세했다. 노르웨이의 국장으로 장례식이 치러졌다.

옮긴이 **박진권**

한국외국어대학교에서 독문학 학사와 석사를, 독일 보쿰 대학교에서박사 학위를 받았
다.《독일어 무역통신문》《영어대조 독일어》《독일어 회화사전》을 집필했다. 번역한 책
으로는《독재자를 고발한다》헤르만 헤세의《싯다르타》《호두까기 인형》등이 있다.

인형의 집

초판 1쇄 펴낸날 2021년 4월 30일

지 은 이   헨릭 입센
옮 긴 이   박진권
펴 낸 이   장영재
펴 낸 곳   (주)미르북컴퍼니
자 회 사   더클래식
전   화   02)3141-4421
팩   스   0505-333-4428
등   록   2012년 3월 16일(제313-2012-81호)
주   소   서울시 마포구 성미산로32길 12, 2층 (우 03983)
E-mail   sanhonjinju@naver.com
카   페   cafe.naver.com/mirbookcompany